智慧公主马小岚纯美爱藏本9

拯救未来的公主

马翠萝 著

化学工业出版社

·北京·

图书在版编目(CIP)数据

拯救未来的公主/马翠萝著.—北京：化学工业出版社，2015.9（2024.9重印）
（智慧公主马小岚纯美爱藏本）
ISBN 978-7-122-24786-5

Ⅰ.①拯… Ⅱ.①马… Ⅲ.①儿童文学-中篇小说-中国-当代 Ⅳ.①I287.5

中国版本图书馆CIP数据核字(2015)第176357号

原版书名：公主传奇 拯救未来的公主 原版作者：马翠萝
ISBN 978-962-08-5547-4
本书为新雅文化事业有限公司授权化学工业出版社在中国内地出版中文简体字版本，仅限于在中国内地（不包括香港、澳门及台湾）发行销售。
未经许可，不得以任何方式复制或抄袭本书的任何部分，违者必究。
© 2012 Sun Ya Publications (HK) Ltd.

北京市版权局著作权合同登记号：01-2013-4098

责任编辑：张素芳　　　　　　　　责任校对：陈　静

出版发行：化学工业出版社（北京市东城区青年湖南街13号　邮政编码100011）
印　　装：大厂聚鑫印刷有限责任公司
880mm×1230mm 1/32　印张 6¾　2024年9月北京第1版第11次印刷

购书咨询：010-64518888　　　　　　售后服务：010-64518899
网　　址：http://www.cip.com.cn
凡购买本书，如有缺损质量问题，本社销售中心负责调换。

定　价：16.80元　　　　　　　　　　　　　　　　版权所有　违者必究

目 录

第1章　万卡消失了　　　　　　　　5

第2章　历史被改变　　　　　　　　15

第3章　公主落难　　　　　　　　　23

第4章　小岚成了小乞丐　　　　　　31

第5章　破庙里的邂逅　　　　　　　40

第6章　朵娃和她的弟弟妹妹　　　　47

第7章　要打仗了　　　　　　　　　58

第8章　智取大番薯　　　　　　　　68

第9章　采药救人　　　　　　　　　75

第10章　被狼虎队追杀　　　　　　85

第 11 章	出城惊魂	94
第 12 章	小岚恢复记忆	103
第 13 章	与"疑似"万卡祖先见面	111
第 14 章	主动出击	124
第 15 章	晓星变猪猪	134
第 16 章	小岚的妙计	143
第 17 章	寻找迷魂谷	151
第 18 章	重返乞丐村	163
第 19 章	孩子的战争	170
第 20 章	《东西乌,一家亲》	179
第 21 章	香喷喷的大米饭	186
第 22 章	他就是霍雷尔	195
第 23 章	一箭定江山	202
第 24 章	回家	210

第1章
万卡消失了

"万卡哥哥！万卡哥哥！"小岚用脚蹬着被子,大声喊着,喊着。

有人在轻轻叫她:"公主,您怎么啦?公主,您醒醒!"

小岚睁开眼,怔怔地想了一会儿,才知道刚才是在做梦。

她对摇醒自己的女管家玛亚说:"噢,没事,只是做了个不好的梦。我还想睡一会儿,你先出去吧!"

玛亚说:"是,公主。"

她悄无声息地退了出去。

小岚望着天花板,回忆着那个梦。

她和万卡在树林里捉迷藏,万卡躲,她来抓。万卡走了几步,又回过头警告说:"别偷看啊!"

她笑嘻嘻地回答:"啊,你说可以偷看?"

万卡转身:"好啊,你这个小滑头!看我不给你点厉害看。"

她笑道:"好好好,不看不看!我数十下,你快躲啊!"

她用手捂着眼睛:"一、二、三、四……"

数完十下,她便开始去找万卡。

"哈哈,我看见你了!你出来!"她一棵树一棵树地去找,没有,没有,没有!找了半天,但万卡好像消失在树林里,化成了一棵树,一片叶子,怎么也找不到了。

她有点慌,叫道:"万卡哥哥,你在哪儿呀?你快出来,我不玩了!"

这时候,树林里起雾了。好大的雾!浓浓的雾令她连几步远的树都看不清。

"万卡哥哥,万卡哥哥!……"她害怕地喊了起来。

"幸亏只是做梦。"想到这里,小岚松了一口气。

万卡哥哥不会离开自己的。他会一直陪伴着自己,直

到永远。

她伸开双手,舒舒服服地伸了个懒腰。

小岚从来不是个懒惰的女孩,何况今天约了万卡哥哥和晓晴晓星去郊游呢!她按了按铃,表示她要起床了。

小岚不像别的公主那样,每天早上起床都要一班侍女服侍,准备洗脸水、漱口水,准备要穿的衣服鞋袜,侍候梳妆打扮……她按铃,只是通知外面,二十分钟之后她就可以去餐厅进餐。

她去盥洗室洗脸刷牙完毕,坐到梳妆台前正要梳头,卧室的门被人轻轻敲了两下。她说了声:"进来!"

玛亚带着四个侍女笑容满面地走了进来。除了玛亚之外,其他人手里都捧着一个扁扁的、方方的盒子。

小岚皱皱眉头,她们今天怎么啦?难道忘了她一向不习惯让人侍候?

她正想说话,玛亚领着四个侍女已走到跟前。五个人朝她行了屈膝礼,然后齐声说道:"恭喜公主!贺喜公主!"

小岚一愣,喜从何来?

正在奇怪之际,玛亚已命侍女们把盒子放在桌上,她又朝小岚微微鞠躬,说:"国王特地吩咐我们来侍候您梳

拯救未来的公主

洗的。"

她一一打开盒子:"这是您今天要穿的礼服、鞋子,还有钻石项链、手镯。"

小岚更奇怪了,万卡哥哥怎么啦?今天只不过是去郊游啊,怎么让我穿成这样!

玛亚继续说:"小岚公主,今天安排很紧张,订婚仪式在上午十点开始,之后要跟国王一起乘坐敞篷汽车,到王宫外至尊大道接受公众道贺,晚上七点出席订婚国宴……"

"什么什么?玛亚,停停停!你说什么?订婚?谁订婚?"小岚打断玛亚的话。

玛亚惊讶地看着小岚:"啊,公主,今天是您跟国王订婚的大喜日子啊!"

"啊!"小岚大吃一惊,"订婚?万卡哥哥怎么搞的,搞突然袭击吗?我什么时候答应嫁给他了?"

在场五个人像被小岚这番话吓坏了,个个目瞪口呆,说不出话来。

小岚又气又急,虽然自己喜欢万卡哥哥,但是,在自己还没正式答应之前,他也不能这样啊!太不尊重人了!我怎可以跟这样不懂得尊重别人的国王在一起呢?

小岚很生气,她把那四个盒子逐个扔回侍女手中,又把她们逐一推出门外:"去去去,告诉你们国王,我不会嫁给他的。"

然后"砰"的一下关上了门。

"公主!公主!公主!"门外侍女们喊了一会儿,没声了。

小岚知道,一定是去搬救兵了。

谁来也不行,万卡哥哥,我算看透你了。

小岚打开衣柜,随手拿了一件休闲服和一条牛仔裤穿上,忽然听到门外有人喊:"国王到!"

小岚虽然生万卡的气,但也知道分寸,不能因为万卡宠爱自己,就可以不给他脸面。这牵涉到国王的尊严啊!

她嘟着嘴,走到门口,把门一拉。

十几名侍卫簇拥着一个人走了进来。他气宇轩昂,身上穿着国王在隆重场合才穿的特制的军服,大步走了进来。

"你?!"小岚用手指着那人,像被施了定身法一样,动弹不得。

什么国王!他分明是利安呀!小岚在乌莎努尔的好朋友、首相莱尔的儿子利安。虽然他今天的样子显得比以往

拯救未来的公主

自信和威严,但他仍然是利安。

利安走到小岚跟前,拉住她的手,眼里流露着温柔:"小岚,今天是我们的大喜日子呢,别淘气了!"

小岚急忙甩开他的手,一步跳上床,跑到最靠里面的地方,她生气地说:"利安,今天是愚人节吗?你说你是乌莎努尔的国王,你说今天是我跟你订婚的日子?"

利安的样子有点错愕:"是呀!我是乌莎努尔国王利安。三天前,你亲口答应了我的求婚,你看,你手上那个戒指,就是你答应时,我给你戴上去的。"

小岚看看手上,她的确戴着那个蓝月亮戒指,那是乌莎努尔历代王妃佩戴之物。但那是万卡第一次向自己求爱时,给自己戴上的。

这些人都疯了吗?费那么大的周折来开这种玩笑!小岚狠狠地瞪着利安,气得快要骂人了。

门外起了一阵骚动,有人大声嚷嚷着:"怎么啦,怎么啦?小岚姐姐出了什么事啦?"

卫兵让开了一条路,走进来一男一女两个孩子,他们正是小岚的好朋友晓晴和晓星。

小岚一见晓星晓晴,急忙跳下来,一把抓住他俩:"晓晴,晓星,是不是你们搞鬼,联合其他人,跟我开这

万卡消失了

么一个大玩笑!"

晓晴一脸疑惑:"小岚你说什么呀?今天是你订婚的大日子,也是皇家的大日子,谁敢跟你开玩笑呀!"

晓星也说:"小岚姐姐,莫非你又想撒赖?利安哥哥向你求婚一百零八次,你才答应跟他订婚呢,小岚姐姐,你不要再让利安哥哥伤心了。"

小岚瞠目结舌地看着他俩,不相信自己的耳朵,不相信自己的眼睛。跟这两姐弟相交多年,就像家人一样,他们是不是说谎,她一眼就能看出来。

他们确实不像在说谎!

他们没有说谎,那就是说眼前发生的都是真实的。乌莎努尔的国王是利安,她喜欢的人也是利安。天哪,天哪!那万卡呢?

她不由得大喊:"万卡哥哥,你们把万卡哥哥请来!"

在场的人都神情很奇怪,好像不知她说什么。利安的神情变得很尴尬。

小岚急得一顿脚:"你们怎么啦,连万卡哥哥都不认识吗!"

晓晴悄悄拉了她一把:"你怎么啦?在未婚夫面前

万卡消失了

说别的男孩子的名字。万卡是谁？我怎么从来没听你提起过？"

没有万卡？小岚只觉得背脊一阵发冷。

她一把抓住晓晴的手："你是说，没听过万卡这个名字，没有万卡这个人？"

"哎呀，你弄痛我了！"晓晴喊了起来，"什么万卡？没听过，你的朋友里面根本没有叫万卡的！"

天下事难不倒的马小岚，泰山压顶不害怕的马小岚，一下子变得那样的软弱，那样的惶惑不安，她抓住晓晴的手一下子松开了，她后退几步，颓然地往后一跌，跌坐在椅子上。

"怎么会这样？！怎么会这样？"

"小岚，小岚，"利安走到她跟前，拉起她的手，担心地叫着她的名字。

晓星突然喊了起来："我知道发生什么事了！"

所有人的眼光都"刷"地落到他身上。

晓星说："我猜，小岚姐姐一定是得了'订婚恐惧症'，很多电视剧和小说里都有这样的情节，女主角订婚前说分手呀，落跑呀，躲起来呀……什么都会发生。"

晓晴点头认同弟弟的说法。因为她觉得这是唯一能解

释小岚这怪异行为的原因了。

利安拉着小岚的手,心疼地说:"小岚,真的吗?你还是对我们的感情感到顾虑吗?那我们先不订婚好了,我可以等,等到你真正愿意嫁给我的那一天。即使等上十年,二十年,甚至一辈子,我都可以!"

小岚呆呆地看着利安,突然,她猛地把他推开,站起来跑向门口,夺门而出。

"小岚!"

"小岚姐姐!"

"公主!"

无数声音一齐喊了起来。

小岚没有回头,只是夺路狂奔。一路上都有侍卫和侍女企图拦住她,但都被她狠狠地推开了。

第2章
历史被改变

  小岚迈开长腿,在皇宫里左拐右拐,好不容易才摆脱了追在后面的人。她看到前面有一幢大楼,便跑过去,顺手推开一扇大门,跑了进去。

  她马上感觉到房间里有很多双眼睛在盯着自己。糟了,有人!正想夺门而出,却又发现那些"人"不是真人,而是挂在墙上的一幅幅真人大小的肖像画。

  哦,自己跑到绣像厅来了。

  这是摆放乌莎努尔历代国王肖像画的地方。

  一如以往进来时所见,绣像厅三面全是巨幅肖像,按年代排列,而最后一张,应该是现任国王霍雷尔·万卡。

可是,当小岚瞥见最后一张肖像时,她吓得惊叫了一声:"啊!"

接着是呆若木鸡。

那最后一幅肖像,即是本来挂着万卡肖像的地方,画上的人,竟然……竟然……竟然是利安!而利安的上一任,竟是他的父亲莱尔。

再往前看,全变了,全变了,霍雷尔家族的人一个个都不见了,全是梅登家族的人。

小岚的脑袋嗡嗡作响。

如果是开玩笑,这玩笑可开大了。但即使身份特殊如利安——莱尔首相的儿子,如晓晴晓星——尊贵的小岚公主的好友,也不可能如此胆大包天开这样的玩笑啊!

不会的,不会的!小岚内心狂喊着,她又跑进了隔壁的国家文献室,找到了一本讲述乌莎努尔历史的书。

翻开史册,记载的第一件大事,就是小岚熟悉的"一箭定江山",这个故事小岚从宾罗大臣嘴里听到过。

故事说的是四百年前乌莎努尔刚建国时,是由霍雷尔、查韦姆、梅登这三位首领共同掌握政权的。这三位首领虽然是很好的朋友,但个性很不相同,一个很急进,一个很保守,一个很开明,所以他们在议决许许多多国家大

事时，往往各持己见，很难统一意见。后来，他们决定在三人中选出一个国王，一人说了算，免得麻烦。他们采用了比赛射箭的方式，实行"一箭定江山"。结果霍雷尔胜出了，开始了霍雷尔家族近四百年的统治。

见到史册记载这件事，小岚稍为镇定了点。她捧起史册读了起来。但她越看越震惊，怎么故事跟之前听到的不一样了！三个首领比赛射箭，最后得胜的竟然是梅登，而不是霍雷尔！

究竟发生了什么事？小岚努力理顺自己纷乱的思绪，她无法接受这一切。

文献室的大门被人慢慢推开了，两个脑袋鬼鬼祟祟地探了进来。

"看什么看！进来！"小岚不耐烦地说。

正是晓晴和晓星。

"坐下！"小岚命令道。又急急地问，"告诉我，这地方是不是乌莎努尔公国？"

晓晴晓星傻傻地点头。

"乌莎努尔的国王是利安？"

晓晴晓星又傻傻地点头。

"那我们是谁？"小岚急切地问，她实在害怕，该不

拯救未来的公主

会连她们的身份都不是原来的吧?

偏偏晓晴晓星不马上回答,只是傻乎乎地上下打量小岚,晓星还伸手试了试小岚额头的温度:"小岚姐姐,你别是发烧烧坏了脑子吧?怎么连自己是谁都不知道?"

小岚一跺脚,不耐烦地说:"我脑子一点没坏!你们快回答!"

晓星像哄小孩似地说:"好,好,小岚姐姐别着急,我告诉你就是。你叫小岚,是乌莎努尔的公主;我叫晓星,她叫晓晴,我跟她是姐弟,我们是你的好朋友。"

噢,身份没变!小岚心里稍稍安定了点,又问:"那我们是怎样来乌莎努尔的?"

晓晴说:"利安哥哥未登基时到香港大学读书,没想到被坏人掳劫了。是你帮助香港警方,把利安哥哥救了出来。利安国王对你又爱又感激,就封你为公主,让你到乌莎努尔读书和生活……"

乱套了,乱套了,什么乱七八糟的,自己什么时候在香港协助警方救了利安了!

小岚生了一会儿闷气,又问:"你们说,这里没有一个叫万卡的人?"

晓晴说:"真的没有呢!你老提万卡,谁是万卡呀?"

18

历史被改变

小岚没回答,她简直无法接受,一早醒来,一切都变了。人的身份改变了,国家的历史改变了,万卡竟消失得无影无踪,连一点曾经存在过的痕迹都没有。

一切都这样不可理喻。唯一的解释就是,由于什么原因,导致历史被改变了。

这时,晓晴拉拉她的袖子,说:"小岚,别傻了,回去跟利安哥哥举行订婚仪式吧!那么好的男孩,又年轻又帅的国王,死心塌地地爱着你,真是羡慕死天下女孩子呢!你真是身在福中不知福了。如果换了我,短命十年都愿意……"

小岚呆呆地看着晓晴嚅动着的嘴,但却什么都没有听进耳里。她在想,怎样才能把改变了的历史改回来呢?

一只手在她脸前晃来晃去,那是晓星的手。

"干什么?"烦恼之极的小岚变得凶巴巴的。

晓星吓了一跳,说:"我想试试你的反应。听说对外界熟视无睹的都属于神经病。"

小岚大声说:"用手在别人眼前晃来晃去的才属于神经病呢!"

晓星委屈地撅着嘴,自己只是担心小岚姐姐嘛。

小岚大发脾气:"你俩给我靠边站,只许规规矩矩,

不许乱说乱动!"

晓晴晓星吓坏了,小岚虽然是尊贵的公主,但她从来都不仗势欺人,对一般侍女及侍卫都以礼相待,对他们这两个好朋友更是亲如兄弟姐妹。

今天,是盘古开天地第一次见她发公主脾气。

两人赶紧靠墙站着,吃惊地看着小岚。其实他们害怕是其次,担心是主要的。小岚别是真的神经出问题了吧!

小岚没理他们,继续在理清一团糟的头绪。

回到过去?对,只有回到过去,才能知道究竟发生了什么事,才能让扭转了的历史返回原来面目。

时空器!不是有个时空器吗?她望向站在墙边发愣的晓晴晓星。希望不要因为历史改变,而连时空器这回事都没有了吧!

"晓星,你是不是有个时空器?"

晓星一听小岚问些正常点儿的事了,马上高兴地说:"有啊!"

小岚放了心,说:"快给我!"

晓星赶紧在身上找,左边裤袋掏掏,右边裤袋掏掏。早些日子,他把时空器放到屋顶上利用太阳能充电,今早爬上去看时发现电已充满了,就顺手揣进了裤兜里,没想

到现在还派上用场了。

"小岚姐姐,给你。"

晓星讨好地把时空器交到小岚手里,希望小岚别再向他发脾气了。

小岚接过黑得发亮的小盒子,脸上露出笑容。她又问:"这时空器是怎么来的?"她想验证一下,历史还有多少是没被改变的。

晓晴和晓星的心又一下子提到了嗓子眼,小岚真有问题!怎么连这样重要的经历都忘记了。

这个时空器,是他们在美洲共同经历的一次生死劫难中得来的。他们闯入藏有所罗门宝藏的月亮洞,发现了外星人的太空船,而这时空器就是在太空船的驾驶室找到的。

这个时空器,曾帮助他们去过唐朝、宋朝、清朝,他们经历了别人无法经历的、惊险又奇特的事件。

现在,小岚竟然连它的来历都不记得了。

晓晴和晓星尽量详细地讲述着时空器的来历,希望唤回小岚的记忆。

谁知小岚可没那个耐性,她听了一半就打断了两姐弟的讲述,她只需要知道,时空器的来历没变,功能没变,就足够了。

好吧,自己可以回到过去,把改变了的历史扭回到原来的轨道上来了。

小岚打开了时空器的盖子。

晓星想阻挠:"小岚姐姐,你别随便按啊!这会令你在瞬间去到另一个年代的。"

晓晴也说:"小岚,你要逃婚,也不至于要逃到别的时间空间吧!"

小岚不耐烦地说:"我不是逃婚!我是去恢复历史的真面目。"她边说,边在盒子上调出要去的年代和地点。

晓星拉拉晓晴的衣服,小声说:"姐姐,小岚姐姐真的得了神经病了,我们要阻拦她。"

晓晴说:"小岚会功夫,我们都不是她对手,怎么拦啊!"

两人正不得要领,那边她已经启动了时空器,一股蓝光从小岚脚下升腾,瞬间,她已双脚离地,旋转着上升了。

"小岚!"

"小岚姐姐!"

晓晴和晓星互相看了一眼,作为好友兼死党,他们是绝不会让小岚独自去一个未知的世界冒险的。两人纵身一跳,但只有晓星来得及抓住了小岚的脚……

第3章
公主落难

荒野里，一条因被人长年累月踩踏而形成的蜿蜒小路上。

已是傍晚时分，一老一少两个女子，一人挂着一根棍子，在小路上慢慢地走着。她们都蓬头垢面，身上的衣服又脏又破，一看便知道她们是以乞讨为生的乞丐。

走着走着，少女突然停了下来，指着路边草丛说："阿荷你看，草丛里好像有东西。"

"死丫头，找死啊！总把亲妈叫阿荷，小心被雷劈。"被叫做阿荷的女人边骂边眯着眼睛朝草丛看，"什么东西？"

拯救未来的公主

宝娃说:"看不清,颜色挺漂亮的,像是衣服或布料。"

阿荷来了兴趣:"那我们快去瞧瞧,说不定能卖钱呢!我们身上一点钱都没有了。"

两人走进草丛中,宝娃马上叫了起来:"死人!"

阿荷也吓得倒退一步。草丛里果然有一个人,是个女孩。她一动不动地躺着,看上去像是死了。

"倒霉!"宝娃扯着母亲就要走。

阿荷却站住了,她眼睛贪婪地看着那女孩身上的衣服:"宝娃,那女孩穿的衣服挺不错啊,还绣了花呢!裤子虽然款式古怪了点,但挺结实的,比你身上的破衣服好多了。"

宝娃很害怕:"啊,你要我穿死人衣服!"

阿荷说:"怕什么!死人又不会把你吃掉,你把自己的给她换上就行了。"

阿荷说着已经开始动手了,她脱下了女孩的外衣和长裤,给宝娃穿上,又把宝娃换下来的破衣服穿到女孩身上。

看着宝娃穿上新衣服,阿荷得意地说:"宝娃,你好漂亮啊!"

"真的?"宝娃迫不及待地跑到小河边,左照照,右照照。河水映出了一个穿着花外衣、石磨蓝牛仔裤的身影。

"啊!"阿荷突然发出一声惊呼。

"什么事什么事?"宝娃吓了一跳,赶紧跑回母亲身边。

阿荷指着那女孩的手,惊喜地说:"看,看她手上那戒指,一定很值钱!"

宝娃一看,哇,那女孩手上的戒指真好看,月亮形状,发着蓝幽幽的光……

阿荷迫不及待地拿起女孩的手,使劲去摘戒指。但是,不管她怎么努力,那戒指像长在女孩手指上一样,怎么也没法摘下来。

阿荷一屁股坐在地上,一脸懊恼。

"嗯……"一把低低的呻吟声在寂静的荒野里显得那样清晰,把她们吓了一大跳。

只见女孩竟然动了,她抬了一下手,又发出了一声更大的呻吟。

"妈呀,她没有死!"宝娃害怕了,"我们快走吧,等会儿她见到我穿了她的衣服,就糟了。"

阿荷说:"怕什么?我们两个人,她只一个人,在这荒山野岭中,还是我们占上风。看样子她一定是有钱人家的孩子,我们要见机行事,或者干脆把她带回家,再向她家人要一笔赎金……"

宝娃瞪了母亲一眼:"阿荷,你可真行啊!这样缺德的事也想得出!"

阿荷骂道:"死丫头,你爹死时你才出生几个月,我辛辛苦苦把你养大,你就这样损我吗!"

宝娃不吱声了。确实,阿荷靠捡破烂和乞讨养大她,实在不容易。记得最艰难的日子里,阿荷自己不吃不喝,也要让她吃饱穿暖。宝娃基本上是没有挨过饿的。所以尽管阿荷为了钱常常干点骗人的勾当,她也还是打心眼里爱着母亲。

母女俩走近女孩,发现女孩已经醒了,正睁大眼睛,愣愣地看着她们。

女孩长得很美,瓜子脸,杏核眼,睫毛很长,皮肤又白又嫩,看上去不像一个普通人家的女孩。只是,她的神情迷惘极了,她看看阿荷,又看看宝娃,像在努力地想着什么。

"你们是谁?"她问。

宝娃刚要回答,阿荷拉了她一把,截住她的话。

阿荷反问道:"你是谁?"

"我是谁?"女孩挣脱着爬起来,她看看自己身上的破衣服,看看周围,努力地回忆着。

"我……我叫……马小岚?好像是这个名字。但除了名字,我什么都不记得了。脑子里好像空空的,一点记忆都没有。"女孩用手摸摸脑袋,马上"噢"地叫了起来,"好痛!"

宝娃跑到女孩身后,一看:"啊,你的头肿了个大包呢!"

阿荷招手叫宝娃过来,附在她耳边小声说:"这女孩八成是撞坏了脑袋,把以前的事全忘了。"

宝娃幸灾乐祸地说:"啊,真可怜!你的如意算盘打不响了,她把什么都忘了,包括家人,那你拿赎金的事就没法实现了。"

阿荷狡黠地笑了笑:"难道你不知道你阿荷妈有多聪明吗!我已经有了新的计谋了。"

"什么新计谋?"

阿荷笑笑,走近那女孩,大声说:"死丫头,你怎么摔了一下,就连自己是谁都不记得了!你是我家的佣人

呀！你十岁那年，你爹妈把你卖给我了，我给了十吊钱呢！"

宝娃大吃一惊："阿荷，你……"

阿荷朝宝娃胳膊上使劲拧了一把，宝娃"噢"地喊了起来。

阿荷又说："你什么？都怪你，叫小岚爬到树上给你摘花，弄得她失足跌下来，伤了头，连主人都不认得了。"

宝娃摸着被拧痛的胳膊，嘟着嘴不吭声。心想阿荷也真够绝的，这么快就编了个故事，占人家便宜。

那女孩听了阿荷的话，一脸困惑。

阿荷对女孩喊道："还发什么呆，还不快走，家里很多活等着干呢！"

女孩爬起身，无可奈何地跟在阿荷母女后面走了。

读者看到这里，一定十分吃惊：这女孩叫马小岚，难道……难道就是我们熟悉的那个马小岚吗？就是那个"天下事难不倒的马小岚"吗？

不会的不会的！

但事实正跟你们希望的相反，她就是你们熟悉的那个马小岚，无所不能、上天入地全会的马小岚。

拯救未来的公主

你们该明白发生什么事了吧？马小岚穿越时空，要回到乌莎努尔建国前捍卫历史的本来面目，可惜功亏一篑，她落下来时不小心脑袋落地，撞坏了脑子，虽然没有伤及生命，但这一撞却令她失去了以前的记忆，除了还记得自己叫马小岚之外，就一无所知了。

没有了以往的记忆，偏偏又落到了自私兼狡猾的乞丐阿荷手上，接下来，超级无敌的小公主马小岚会有一段怎样令人揪心的经历呢，想必是急坏了所有关心她爱她的读者了。

第4章
小岚成了小乞丐

小岚走进阿荷的家,她站在屋中间,惊讶地四处张望着。

屋子是用泥和草混合盖的,墙壁凹凸不平、松松垮垮,仿佛一碰就会掉下许多粉末。

屋里间隔成四间,目前站着的地方应该是客厅,客厅里只有一张四方桌子和四张残破的凳子。一边墙角摆着一个少了一扇门的破柜子,另一边堆着很多废纸和破瓶破罐。

左边一间像是卧房,里面有一张床,有个柜子,右手边那间像是储物室,堆了很多杂物,破破烂烂的,发出一

股难闻的气味,想是从哪里捡回来的别人不要的垃圾。另外还有一间黑糊糊的,估计是煮饭用的厨房。

阿荷把小岚领进右手边那个储物间:"你就住这里。"

小岚一见便愣住了,这里怎么睡啊!虽然失了忆,但卧室应该是什么样子,她还是知道的。

"怎么没有床?晚上睡哪里?"她胆怯地问。

阿荷双眼一瞪:"你以为自己是谁?千金大小姐?尊贵的公主?还想睡床!"

她用手指指墙角一堆干草:"晚上就睡那里!"

说完就走出去了。

小岚突然觉得头有点昏,想找个地方坐坐,但看看房里,连凳子也没有,只好坐到草堆上。草堆并不那么好坐,有些特别硬的草,刺得屁股生痛。但总比坐在又冷又硬的地上好些吧。

小岚还没坐稳,就听到外面阿荷在扯着嗓子喊:"小岚,偷什么懒,快来帮忙煮饭!"

小岚只好硬撑着起来,跑去厨房。

阿荷正倚在厨房门口嗑瓜子,她指着地上一堆柴,说:"快,替我生火。"

小岚成了小乞丐

小岚看看那是一个用泥做成的四四方方的灶,灶上架了个铁锅。灶的下面有个拱形的洞,大概是烧火的地方。她放了几根柴到洞里,又拿起旁边一盒火柴,划着了,去点柴。可是,用了很多根火柴,不但没把柴点着,还弄了一屋子的烟。

"死丫头,连烧火都不会!"阿荷跑进来,不由分说就给了小岚一个耳光。

小岚捂着热辣辣的脸颊,愣住了。可怜的小岚,长这么大,有谁动过她一个手指头啊!

"滚出去,别在这里碍手碍脚的!"阿荷把小岚一推,一边骂骂咧咧的,一边蹲下去自己点火。

小岚眼里冒着泪花,委屈地跑回了房间。自己只是失忆,为什么连怎样点火都忘了呢?这个阿荷好凶,自己这么多年是怎样过的呢?

她用手捶了脑袋几下。唉,快点好起来吧,自己把什么都忘了,可能还有受罪的事在后头呢!

她躺倒在草堆上,迷迷糊糊地睡着了。睡梦中,听到宝娃跟阿荷说话:"阿荷,不叫小岚起来吃晚饭吗?"

阿荷鼻子哼了一声:"叫她干什么?连烧火都不会,不能白给她吃饭。"

拯救未来的公主

半夜里，小岚醒过来了。

她是被冻醒的。盖在身上的那张千疮百孔的被子根本抵御不了冷空气，她伸手抓了几把草，盖在身上。但是，仍觉得冷。不知从哪里钻进来的寒风，嗖嗖地直往身上钻。

这屋子没有窗，风是从哪里进来的呢？

小岚爬了起来。借着朦胧月色，她才发现四面墙壁没有一面是完好的，这里一个洞，那里一条缝，千疮百孔。破了的洞洞有的用草或破布塞上，有的仍裸露着，就像一个个张开的嘴巴。

小岚扯了一把草，一个一个地去塞那些洞洞，风不再进来了，但小岚也没法再入睡了。身上依然冷，肚子又饿得咕咕叫，她就这样又冷又饿的，一直坐着，直到天亮才迷迷糊糊地睡着。

一阵叫嚣把小岚吵醒了。睁眼一看，是阿荷，她双手叉腰，正朝小岚吼："懒骨头，天都大亮了，还睡！"

小岚吓得赶紧站起来。

阿荷扔给她一根棍子，一个破钵子："去，出门往右拐，一直走，再往左拐，就是集市。那里人多，你今天就去那里乞讨。别把讨到的钱私吞了，小心我打断你的

手！"

小岚看见宝娃正在吃早饭，不由得想起自己连昨天晚饭都没吃。想开口说，但看看阿荷那狐狸般的尖脸孔，又把话吞回肚子里去了。

她默默地捡起棍子和钵子，往门口走去。

"慢着！"阿荷叫住她。

阿荷跑进厨房，伸手从灶膛里抓了一把灰，又走了出来，把灰往小岚脸上抹了几下。真可怜，一个天姿国色的小公主，顿时变得灰头灰脑的，面目全非。

阿荷又拿来一条破布条，抓过小岚的手，把布条缠在她的戒指上。她深知这东西值钱，心想可不能让别人拿了去，总有一日她会想出办法，把这宝贝从小岚手上取下来。

"去去去！"阿荷把小岚往门外一推。

宝娃看着小岚的身影，说："阿荷，怎么不让她吃了再走！"

阿荷说："我就是要让她饿肚子，这样她才肯开口求乞。你就别管她了，宝贝女儿，你以后就留在家里，尝尝当千金小姐的滋味吧。有小岚代替你去讨饭就行了……"

小岚按阿荷说的路径，走了好一阵才到一个集市。除

了两边商铺外,路边也摆了一些临时摊档,叫卖声、讲价声不绝于耳。

小岚第一个感觉就是,怎么这么多乞丐啊!只见男男女女老老少少,有的面前摆放着一个瓦钵跪着求乞的,也有拿着个钵子追着行人要钱的,乞丐的人数好像比赶集的人还要多。

可能如阿荷所说,这里是行乞的热点地区,所以乞丐特别多吧!

小岚在街上愣愣地站了好久,她实在开不了口向人讨东西。肚子咕咕地响着,她实在饿得慌,把心一横,走到一个铺子前面,把钵子放下,坐了下来。

一双双脚匆匆地从面前走过,小岚低着头,鼓起勇气,用蚊子般小的声音说:"叔叔阿姨,给点吃的好吗?给点吃的好吗?"

面前的脚没有停留的意思,都径直向前走了。喊了半天,连点剩饭都没讨到。

"喂,你得大声点!别像蚊子哼哼似的,谁听得见。"一个声音传来。

小岚扭头一看,旁边不知什么时候坐了一个女孩子,年纪看上去跟自己差不多。她虽然穿得破破烂烂的,头发

也乱七八糟，但模样儿挺机灵、挺漂亮的。

"看我的！"女孩把手里的瓦钵伸到路人面前，声音清脆响亮，"大爷，大姑，给点小钱吧！祝你们出门踢到金子、在家拾到银子、吃饭围着千孙百子……"

果然，不一会儿，"当"一声，一个铜钱扔进她的瓦钵里。

女孩朝小岚眨眨眼睛，得意地笑了。

小岚鼓起勇气，也学着喊了起来："大爷，大姑……"

喊呀喊呀，嗓子都沙哑了，正在失望时，咚的一声，有人往她瓦钵里扔了一个馒头。

小岚惊喜极了，她一把抓起馒头，就想往嘴里塞。只觉得有双眼睛在盯着自己，一看，是那女孩。她双眼盯着馒头，不住咽着口水。

小岚把馒头一掰两半，把一半塞给女孩："给你。"

"谢谢！"女孩也不客气，狼吞虎咽的，几口就吃光了。她用友好的眼光看着小岚，说："我叫朵娃，你呢？"

"我叫小岚。"

小岚刚吃完半个馒头，"哗——"天上突然下起大雨来。

拯救未来的公主

朵娃喊了一声:"快找地方避雨!"就撒腿跑了。

小岚不知东南西北,乱跑一通。她怕被人驱赶,也不敢跑进店铺里,于是只好往集市外面跑。

也不知跑了多久,见到有个破庙,小岚就赶紧跑了进去。庙宇残破不堪,供奉的泥菩萨也破烂得只剩个底座了。

身上没有一丝干的地方,头发直往下滴水。小岚唯一可以做的,就只是甩甩头发上的水,用手扭扭衣服下摆的水。余下的事情就是坐下来,祈求老天爷赶快停雨。雨真大,雨水沿着破庙的屋檐流下,成了一道水帘,落到地上,溅起无数水珠。

透过那道水帘,隐约看见庙宇外面走过一家三口,爹撑着一把油纸伞,娘抱着女儿。夫妇俩尽量护着女儿,不让她被雨淋……

小岚心里"咯噔"一下。她脑海里浮现出一幅同样的情景,那小女孩分明是她自己!是小时候爸爸妈妈跟自己在一起的情景!

但马上,影像开始变得模糊。别走!别走!她跟自己说。她努力地去抓住脑海里的影像,她想看清楚爸爸妈妈的样子。可惜,影像没有了,脑海又是一片空白。

　　自己一定有过幸福的家庭、幸福的童年。但他们为什么要把自己卖给阿荷呢？爸爸妈妈究竟是怎样的人？他们现在又在哪里呢？她拼命去想，去回忆，但是，再也没法想起什么。

　　雨继续下，一点没有停的意思。小岚身上越来越冷，肚子越来越饿，她不由得哭了起来。

　　爸爸，妈妈，你们在哪里呀？快来救救我吧！

　　哭着，哭着，她身子晃了晃，倒下了。

第5章
破庙里的邂逅

小岚睁开了眼睛。

发觉自己躺在破庙角落的一堆干草上,身上盖着一件别人的衣服。那衣服很宽大,像是男人穿的。

发生什么事了?她呆呆地想了好一会儿,想起了之前发生的事——到集市行乞,遇到大雨,到破庙避雨……

啊,记起来了!自己又冷又饿,昏倒了。

闻到一阵香味,她用眼睛搜索着。啊,看见了,离她五六步远之处,燃着一堆火,火旁坐着一个人,那人正用树枝叉着一个馒头在烤焙。

"你醒了。"那人见她睁开眼睛,便取下馒头,朝她

走过来。

一个比自己大了几岁的少年站在她跟前,朝她微笑着。

小岚留意到,他身上只穿着一件单薄的衣服。

小岚挣扎着爬起身,头仍然有点昏,她说:"对不起,我想这衣服一定是你的吧?你穿上吧,你穿这么少,会冻坏的。"

"你先披着……"少年说。

但小岚硬把衣服塞回他手里,少年只好把衣服穿上。

少年仍然脸带笑容:"你现在觉得怎样了?我刚才路过,进来避雨,发现你发着高烧,昏倒在地上。我找了点草药熬给你喝,你现在已经退烧了。你是因为休息得不好,加上又饿又冷,所以才病的。你一动不动地睡了四五个时辰,把我吓坏了。"

小岚这才发现外面的天色已近傍晚,她对少年说:"大哥哥,谢谢你救了我!"

"不用谢!"少年笑着说,"我姓杨,叫杨天行。你呢?"

小岚说:"天行哥哥好!我叫马小岚。"

"噢,马小岚。听你名字像是中原人。我也是中原人呢!"杨天行显得很兴奋。

小岚有点迷惘地说:"中原人?我……"

拯救未来的公主

杨天行继续说："我父亲因为得罪了一些人，所以逃离中原，来到这里。"

"哦，中原！"小岚心想，我终于知道自己是从哪里来的了。

杨天行把馒头递到小岚手里，说："你一定很饿了，先吃点东西！"

小岚从昨天到现在只吃了半个馒头，她实在太饿了，连"谢谢"都没顾上说，抓起馒头就往嘴里塞。

"小心噎着。"杨天行微笑着看着她，又取下身上的皮水袋，"来，喝点水。"

小岚吃饱喝足以后，觉得身上暖暖的，心里也暖暖的。她用感激的眼光重新打量眼前的杨天行。只见他身材魁梧，剑眉星目、豪气逼人，令她想起了金庸笔下的那些仗剑走天涯的大侠。

突然，她脑海里闪过了一个人的脸容，跟杨天行重叠在一起，也是这样英俊之中透着豪气，威严之中带着温柔……那是一种很熟悉很温馨的感觉。

咦，自己想起谁了？亲人？朋友？小岚逼自己继续想下去，希望找回失去的记忆。但是，那影像稍纵即逝，没有了。

这时,杨天行看了看天,说:"小岚,天色已晚,你家里人一定很担心,你赶快回家吧!"

小岚一愣,她的心又一下跌到冰窟窿里。想起阿荷那狡猾奸诈的脸孔,想起那间令人感觉不到一丝温暖的屋子,她就感到不寒而栗。

"小岚,怎么啦?"杨天行看出小岚的不开心。

"没什么。"小岚赶紧说,"好了,我回家了。"

杨天行说:"好吧,你自己小心点。我有要事要办,也要走了。"

小岚走出破庙门口,回头见到杨天行仍在看着她,便依依不舍地说:"后会有期。"

杨天行也朝她挥挥手,说:"后会有期。"

小岚心里好难受。回家?那能算是家吗?

小岚走了一会儿,又停住了。因为,眼前的一切都是那样陌生,她不知道自己身处什么地方,也不知道怎样才能回到阿荷家。

"喂!"有人在背后拍了她一下。

扭头一看,原来是朵娃。

"下雨时你跑到哪里去了?雨停以后,一直不见你回来。"

"我……"小岚不想讲昏倒的事,便说,"我去庙宇躲雨去了。"

朵娃看看天,说:"噢,天要黑了,我要回去了。你也回家吧!你住在哪里?"

"我……我住在阿荷家。"小岚说。

"阿荷!"朵娃好像听到了什么厌恶的东西,鼻子都皱成一团,"你是她什么人,她是世界上最坏的女人了。她常欺负我们。"

小岚说:"我是在她家的佣人。"

"佣人?!"朵娃不相信地看着小岚,"我跟阿荷同住在一条村子,从来没听过她家有佣人。而且,她穷得叮当响,哪有钱请佣人。"

小岚神情有点迷惘:"听阿荷说,是我十岁那年,她用十吊钱把我买回来的。"

朵娃觉得很奇怪:"什么意思,听阿荷说?你自己不应该最清楚吗?"

小岚说:"我昨天爬到树上摘花,不小心掉了下来,把头撞了一下,以前的事全都不记得了。是阿荷告诉我以前的事的。"

"嘿!狗嘴里吐不出象牙,阿荷的话你也信。她是只

又狡猾又贪心的狐狸。"

"啊!"听了朵娃的话,小岚心里也打了个问号。的确,以阿荷的人品,她要骗自己是很有可能的事啊!

朵娃还在说:"怪不得没看见宝娃出来讨饭,原来是阿荷捡了你这么个便宜好使的佣人……"

小岚想,也许朵娃的话是对的,得回去弄个明白。

她又问:"朵娃,你能告诉我,这里是什么地方吗?"

朵娃惊讶地看着小岚:"哎哟,看来你真是把什么都忘了。这里是西乌,全名叫西乌莎努尔,国王叫阿弗弗。"

"西乌莎努尔?"小岚有点困惑,她对这个名字一点印象也没有。

小岚说:"朵娃,我们一块儿走吧。我不记得回去的路了。"

"好啊!我带你回去。"

两个人一边走一边说话,不知不觉回到乞丐村。朵娃指着村子东头说:"我就住村尾的最后一间。阿荷家靠村头,你往西一直走,走过二十来间屋,就是阿荷家了。"

小岚说:"好,谢谢朵娃!"

第6章
朵娃和她的弟弟妹妹

跟朵娃分了手,小岚按她所指的路走了一会儿,就看见宝娃在一间屋子门口踢毽子。

一见小岚,宝娃就朝屋里喊着:"阿荷,小岚回来了。"

话音刚落,阿荷就怒气冲冲地跑了出来,朝小岚劈头劈脑地骂道:"你这死丫头,跑哪里偷懒去了!我下午在集市转了一圈,都没看见你!"

"我……"小岚刚要说自己昏倒在破庙里的事,但想想以阿荷的为人,怎会相信她的话,便没有作声。

"死丫头,没话讲了吧!好,我要看看你在外头待待

了一天，讨了些什么！"阿荷朝小岚打量了一下，"钵子呢？钱呢？"

小岚这才想起钵子不知丢在哪里了，便说："对不起，钵子丢了。钱没讨到。"

"啊！对不起？你以为说句好听的，我就饶了你。"阿荷举起手上的木柴，朝小岚扑来，"死丫头，看我打死你！"

小岚往旁边一躲，阿荷扑了个空，差点摔倒。她好不容易站稳，不禁恼羞成怒，像疯子一样，朝小岚又是一扑。

小岚这次没有躲避，她伸手把阿荷拿着柴的手往后一扭，阿荷马上大叫起来："妈呀，痛死我了！"她拿着的柴也掉到地上了。

"哈哈哈，好看，好看！"宝娃在一旁看了，乐得拍手。

小岚把阿荷的手放了。阿荷抚着手腕，恼恨地看着小岚，但不敢再凶了。见到宝娃在拍手笑，便迁怒于女儿，怒道："死丫头，妈妈被人欺负，不来帮忙，还笑！你究竟是不是我生的！"

宝娃撇撇嘴，说："谁叫你先欺负人，活该！"

"你……"阿荷恼火地朝宝娃伸出手。

小岚一把拉住她,说:"放下你的手!我有话问你。"

阿荷转身,虽然一脸的不服气,但气焰已减了大半:"有什么好问的。"

小岚双眼盯着她,说:"我到底是不是你家的佣人?"

阿荷眼睛躲闪着:"当然是。你爹拿了我十吊钱,把你卖给我的。"

小岚眼神变严厉了:"说实话!"

"我、我……"阿荷躲开小岚的眼神。

小岚逼前一步:"快说!"

阿荷吓得猛眨眼睛,结结巴巴地说:"说……我说……你不是我家佣人,你爹也没有收过我十吊钱,是我骗你的。"

小岚一听,气得火冒三丈,怎么天下有这样的人!她想,自己失忆,难道也是这女人害的?又逼前一步,问道:"你还对我做过什么?我头上的包是不是你打的?"

"不、不,不是!我没有!"阿荷步步后退。她怕小岚打她,一转身跑到宝娃背后,用女儿的身体挡着。

宝娃说:"小岚,我妈这次没说谎。你的头不是她打伤的。那天,我和妈路过,见到你昏迷在地上。我想应该是你从高处跌下来,撞伤的。我妈当时看到你的衣服漂亮,就脱下来让我穿了。后来你醒了,什么都不记得,我妈就冒充你的主人,把你带回家帮我们干活。"

小岚点点头:"宝娃,我知道你跟你妈不一样。我相信你!但是,你能不能告诉我,我究竟是谁?"

宝娃说:"我真不知道你是谁。我以前从来没有见过你。"

阿荷从宝娃背后探出头来,说:"我在这里几十年,也没见过你,八成你不是本地人,不知从哪里冒出来的。"

小岚神色有点黯然。不是本地人?天大地大,上哪去找回自己,找回自己的家呀!

阿荷见小岚难受,心里竟有点得意,说:"你根本没地方去。我收留你,是做善事,你还不领情。哼!"

小岚朝阿荷瞪了一眼,吓得她又缩回宝娃背后去了。

小岚对宝娃说:"宝娃,我走了。你是个好女孩,祝你好运!"

宝娃说:"小岚,等一会儿。"

她转身回房间,拿出小岚那套衣服:"对不起,这衣

服还给你。"

小岚接过衣服，对宝娃说："后会有期。"说完，转身走了。

阿荷见小岚走了，便从宝娃背后跑了出来，张牙舞爪地骂着："死丫头，你连有片瓦遮头的地方都没有，看你能熬几天！保证你过两天就回来求我……"

小岚没理她。她没兴趣跟这种人说话。

小巷里黑咕隆咚的，连个人影都没有；里面也静悄悄的，除了偶尔传来一声狗叫，就像死城一样安静。小岚一个人走着，冷风嗖嗖，她不由得打了个冷战，把双臂抱在胸前。

一个女孩子，独自一个人身处在这陌生的年代、陌生的地方，而且连自己是谁都不知道，这是一件多么不幸多么可怕的事情。幸亏，小岚性格里刚强的一面已逐渐回来了，她甚至想起了那句小岚名言——天下事难不倒马小岚！

这乞丐村房子一间比一间破烂，小岚想，每年隆冬，不知道住这里的人是怎样熬过来的。世界上怎么竟有这样穷困的人呢！

小岚走着走着，在一间小屋子面前停了下来，那是朵娃的家。她走上前,用手拍了拍门,里面马上有人应道:"谁呀?"

小岚说:"我找朵娃!"

门开了,开门的正是瘦瘦小小的朵娃。一见小岚,朵娃就高兴地喊了起来:"噢,是你呀,小岚。快进来!快进来!"

朵娃拉着小岚的手走进屋子。屋子里还有两个孩子,一男一女,都是十一二岁模样。他们正用惊讶的眼神看着小岚。

朵娃对小岚说:"这是我的弟弟妹妹,他们是孪生的,弟弟叫草儿,妹妹叫花娃。"

又对那男孩女孩说:"草儿花娃,快过来。这是我新认识的朋友小岚,你们可以叫她小岚姐姐。"

草儿花娃都很听话,齐声说:"小岚姐姐。"

小岚心里涌上一股温暖,她开心地说:"草儿花娃,你们好!"

朵娃热情地拉着小岚坐到床沿上。

小岚打量了一下屋里。朵娃的家比阿荷家还要破旧还要简陋,屋子也比阿荷家小很多——屋里没有特别的间隔,只是中间挂了一块破布,把屋子分成客厅和卧室。客

厅里只有一张桌子和几个凳子。草儿和花娃，正趴在桌子上，对着一堆小石头在玩抓子游戏。

"你们家大人呢？"小岚问。

"我就是家里的大人啊！"朵娃说。

看到小岚疑惑的眼神，朵娃说："十年前，我爹被抓去当兵，战死了。妈妈带着我们三兄妹去讨饭，但当时谁家的日子都不好过，我们常常一天都要不到一点吃的。妈妈把所有能吃的都给了我们，结果她自己饿死了。"

朵娃眼睛泛红。

小岚搂住朵娃的肩膀，说："对不起，提起你的伤心事了。"

朵娃摇摇头，说："没关系。"

小岚看了看草儿和花娃，说："那你妈去世的时候，他们才一岁多？"

朵娃说："是呀，那时候，我也才六岁多。我背着一个，手拉着一个，在大街上讨饭，饱一顿饿一顿的，就这样把他们带大了。"

小岚看着朵娃，真没想到，这瘦瘦小小的女孩子，竟要担负这难以承受的重任。

"官府不知道这些事情吗？他们没想办法帮助穷人

吗？"

"帮助穷人？哼，官府不欺负穷人就谢天谢地，还帮助呢！那阿弗弗国王本来就不是个好人！"

朵娃一股脑儿把心里的不满说了出来。

"原来，乌莎努尔是东乌和西乌两个城市组成的，一向由三位首领统领，国家安定繁荣。十年前，驻守西乌的将军阿弗弗谋反，赶走了西乌的官员，自己独立做了国王。从此乌莎努尔变成了东乌和西乌两个国家。"

朵娃说："我憎恨这个国王，他对百姓一点都不好。这里的百姓种田、做工或者做生意挣到的钱，都要交一半给他，说是存入国库。但其实大多数都入了他的私人口袋。他花了很多钱建了个大乐皇宫，里面很漂亮，国王天天在宫里享受，大鱼大肉，却不管百姓死活。西乌绝大部分的老百姓都很穷，连顿饱饭都吃不上，很多人都只能像我们这样，靠乞讨为生。"

小岚留心地听着，心里也觉得这国王太坏了。

"国王想连东乌也占为己有，所以隔几年就打一次仗，进攻东乌。一打仗，所有成年男人都要当兵上战场。我爹本来是个教书先生，书教得好好的，硬被逼着上战场。他根本就是手无缚鸡之力的人啊！我憎恨战争，西

乌的百姓都憎恨战争。每次打仗，不知又有多少人战死沙场，多少人家破人亡，多少人饿死！"

朵娃一把抓住小岚的手，说："小岚，你知不知道，我很不甘心。人活着为什么一生下来就要受苦呢？人为什么就不能活得快快乐乐呢？我渴望能过这样一种生活，我能有一份能挣钱的工作，草儿和花娃能有饱饭吃，还可以读书识字……"

小岚毫不犹豫地说："能，怎么不能！这是很普通的事情啊！"

以往许多零零碎碎的生活场景不断地从小岚脑海里掠过——饭桌上的佳肴美味、漂亮的高楼大厦、学校里宽敞明亮的课室、孩子们幸福的笑脸……

于是，她又很肯定地重复了一遍："一定能！"

朵娃惊喜地看着小岚："是吗？真的能实现吗？这话我跟很多人说过，但每个人都笑我傻，笑我做白日梦。"

小岚说："在我的家乡，吃饱穿暖是起码的事，人们希望的已经是吃的东西更美味更有营养，穿的衣服更漂亮更新潮……"

草儿和花娃好奇地靠拢过来，围坐到小岚身边。

草儿问："营养？小岚姐姐，什么是营养，营养很好

吃是吧?"

"小岚姐姐,新潮是什么?是指新衣服吗?我也希望有新衣服。"花娃指着身上打了很多补丁的黑色衣服说,"小岚姐姐你看,我的衣服都是别人扔了不要的,都破了很多洞洞。我的愿望是能穿上一件带花朵的、红色的新衣服。"

小岚对花娃说:"在我的家乡,你所希望的东西,每个人都能拥有呢!"

草儿说:"小岚姐姐,那你那里能有不透风的屋子吗?最好夏天是凉爽的,不用热得汗流浃背;冬天是暖和的,不用冻得生病……"

小岚说:"有啊!只要装上冷气机和暖气,就能做到。不光这样,我们的房子还有电灯,一按电钮就亮得如同白天。"

"啊,真的?!"三姐弟一齐喊了起来。

花娃说:"你住的地方还有什么?小岚姐姐,快告诉我们!"

小岚说:"还有能载着你在天上飞的飞机,能载着你在地上跑的汽车,能载着你在海上走的轮船……"

就这样,小岚和这三姐弟聊了一晚上,他们都听得惊呆了。小岚在跟他们聊天的过程中,发现自己想起了越来多的事情。她也很疑惑，为什么自己以前住的地方，跟这里差别那么大呢？她想，自己一定来自一个很先进很繁华的地方。但是，她始终想不起自己是谁，也想不起身边的人和事。

第7章
要打仗了

小岚一觉醒来,天已大亮了。

虽然睡的是硬硬的木板,盖的是又薄又破了很多洞洞的被子,但她仍然睡得香香的。因为她在朵娃家感到了安全,感到了温暖。

看看身边,草儿和花娃还睡得甜甜的。朵娃却不见了。又闻到了米饭的香味,是从屋外传进来的。

小岚下了床,走出屋外。见到外面有一处用竹竿和破席子支起的地方。朵娃蹲在一个用破砖头搭起的炉子旁边烧火。炉子上搁着一个铁锅,米香就是从那里飘出来的。

"朵娃,早!"小岚喊了一声。

要打仗了

朵娃回头见是小岚,便也说:"小岚,早!"

小岚走过去:"要帮忙吗?"

朵娃说:"不用,已经好了。"

朵娃边说,边把炉里的火熄灭。

她又喊了一声:"草儿,花娃!起来了,早饭好了。"

小岚帮着把朵娃熬的粥端到屋里,花娃一看,急忙起床,跑到桌子前面坐下,津津有味地吃起来。

"馋猫,你还没洗脸呢!"朵娃赶妹妹去洗脸。

花娃和草儿洗完脸过来了。草儿看了看碗里的粥,说:"今天的米粒好多,姐姐,家里还有很多米吗?"

"正相反。家里的米就剩那么一点点了,我干脆都煮了,让你们吃顿好的。"朵娃说,"要是今天讨不到东西,就得挨饿了。"

朵娃招呼小岚坐下吃粥。小岚拿勺子在碗里拨拉了一下,发现那碗粥清清的,也不过就几十颗米粒在翻着。天啦,这就是草儿嘴里的"米粒好多"。可想而知,他们平时吃的是怎样的东西。

草儿已经把那碗粥喝完了,正把舌头伸进碗里一下一下地舔着,直到把碗里的粥水舔干净,才放下。小男孩正

在发育期,这么一点点米下肚,怎么够呢!

小岚拿起碗,正想往草儿碗里倒,这时朵娃已经抢先一步,把自己的粥倒了半碗下去。朵娃对小岚说:"小岚,你快吃吧!你以前一定没挨过饿,吃稀粥已经够难为你了。你就别管草儿了。"

小岚没管她,还是朝花娃碗里倒了一点粥,又趁朵娃不注意,朝她碗里倒了一点粥。

"你……"朵娃无奈,只好由她了。

吃完早饭,朵娃说:"我们今天起得比平常晚,好位置一定让别人占了,我们赶快出门吧!"

四个人急急忙忙去了集市。

眼前情景让人吃惊,咦,发生什么事了?

只见集市上人山人海、人声鼎沸,人们拿着袋子、挎着篮子,挤在各家店铺门口,不管是吃的、穿的,还是用的,都抢着购买。那些店铺的老板、伙计都忙得满头大汗、应接不暇。大家都看呆了。

草儿说:"哇,难道今天买东西不用钱?"

见到几个衣衫褴褛的孩子走过来,朵娃问道:"富儿,桂娃,出什么事了?那些人买东西好像抢似的。"

"你不知道吗?国王昨晚颁布了命令,又要打仗

了!"那个叫富儿的男孩说,"每次打仗东西都短缺,所以大家都尽量多买些吃的用的放在家里。"

朵娃一听脸色马上变得惨白,喃喃地说:"又打仗了?天哪!真不知道又要死多少人。战死的,饿死的……"

桂娃"哇"一声哭了,抽泣着说:"是啊,我和哥哥今天一早起来,希望能讨点东西,但一点也讨不到。谁也顾不上我们了!人家自己都没办法过,还会接济我们吗?家里能吃的只剩下一两顿了,爷爷奶奶等着我们养活呢!再讨不到东西,我们一家人肯定会饿死的。"

"妹妹,别哭了。我们再另外想办法吧!"富儿拉着桂娃,两个人垂头丧气地走了。

朵娃叹口气:"富儿家真惨。他妈妈十年前因为去东乌探望父母,谁知碰上打仗回不来了。阿弗弗筑了坚固的城墙,不让东乌的人进来,也不让西乌的人出去。他们爹爹不久前又被拉去当兵,没法照顾家里。富儿和桂娃只好当乞丐,养活年迈的爷爷奶奶。"

小岚心里很难过,说:"他们太惨了。"

朵娃说:"其实乞丐村里像富儿这样惨的家庭很多,乞丐村住的基本上是士兵的家人,由于家里没了一家之

主,剩下的又都是老弱病残,所以日子挺难过的。"

一直没有出声的花娃,拉着朵娃的衣服下摆,问道:"姐姐,我们是不是要饿死了?就像隔壁海儿的妈妈那样,被埋在土里,再也不能回家,不能看到家里人……"

朵娃搂住花娃,说:"不会的。姐姐一定不会让你们饿着,姐姐要让你和草儿都活下去,长大成人。"

小岚在一旁看着,心里很难过。世界上怎么竟有这样的国家,竟有这样不顾百姓死活的国王。这样的国王,应该让他早日下台!

朵娃说:"看来我们不会要到什么了。我们去采野菜吧,好歹能填饱肚子。"

草儿仰头看着朵娃说:"姐姐,我们早几天去采野菜,不是已经被别人采光了吗?"

朵娃说:"我们去城外采。"

小岚问:"朵娃,你刚才不是说,西乌城被坚固的城墙围了起来,我们怎可以出去?"

朵娃说:"我和弟妹前两天在后山玩的时候,发现有一个很狭窄的洞,那洞狭窄得只能让身形瘦小的小孩子通过。我们试着穿过了那个洞,原来已经是城外呢!"

花娃说:"姐姐,我不想去。那山洞又黑又窄,好怕

人!出了山洞,那边更可怕,阴阴沉沉的,我还看见一块大石上写着三个字:'迷魂谷'!再说,我们到了城外,万一迷了路,回不来,那就糟了!"

草儿打断她的话,说:"你胆子真小!我觉得山洞那边挺好玩的,我们除了摘野菜,还可以玩捉迷藏呢!你不用担心回不来,上次出去时,我已经在城外洞口的入口处画了只老虎作记号……"

正说着,对面一间铺子的后门打开了,里面走出两个人来。一个胖点的像是老板,另一个瘦点的像是伙计。伙计在胖老板的指挥下,扛了四、五箩筐东西出来,又放到停在门口的一辆马车上。

"啊,是番薯!"草儿惊喜地叫起来。

朵娃眼里露出光彩,她对小岚说:"你替我看着草儿花娃,我去要点番薯。"

"好的,你去吧!"小岚心里也很高兴,真是"山穷水尽疑无路,柳暗花明又一村"啊!

转眼间朵娃已经跑到店铺门口,这时,那胖老板走进铺子里,门口只有伙计在。

朵娃说:"大哥,请帮帮忙,给我一两个番薯吧,我家一点吃的都没有了。"

伙计看了朵娃一眼,叹了口气,小声说:"小姑娘,我实在没法帮你。胖老板已经把番薯一一数过了,要是发现少了一个,会把我打死的。"

朵娃听了,知道他的为难,便没再吭声。这时,胖老板出来了。

朵娃跑到他跟前,说:"老板!你行行好,给几个番薯吧!"

胖老板不耐烦地挥挥手,扯开粗粗的嗓子:"去去去,没有没有!"

又朝那伙计说:"还站那儿干什么,快帮我把这丫头赶走!"

伙计走过来,对朵娃说:"小姑娘,走吧,走吧。"

朵娃扭头看看,见到草儿和花娃都用渴望的眼神看着这边,心一横,一把拉住胖老板的衣服,哀求说:"老板,求求你!我家已经没吃的了。"

那胖老板一副厌恶的样子,他边挣开朵娃的手,边吼道:"没有没有。你再不走,我就放狗了!"

"胖老板……"

朵娃下面的话还没出口,胖老板朝屋内喊道:"富贵,富贵!"

要打仗了

一只凶猛的大狗从屋里跑了出来。它体形大得吓人,足有大人的肩部高,它龇牙咧嘴的,就像一只可怕的狮子。

那胖老板朝大狗叫道:"富贵,去!去!咬那臭丫头!"

那狗"汪"地吠了一声,就朝朵娃扑过去。朵娃要跑已经来不及了,吓得待在原地。

一个人飞身过来,挡在朵娃面前,并朝恶狗怒喝一声:"站住!"

说也奇怪,那奔到面前的恶狗竟然收住了脚步,呆立在那里。可能它跟它的主人一样,从来就仗势欺人,没想到竟然有人敢跟它抗衡。

护住朵娃的人是小岚。

小岚在对面一直关注着,见到朵娃为了弟妹低声下气、苦苦相求,心中已是不忍,便走过来想要拉走朵娃。刚好碰上恶狗扑来,便急忙跑来相助。

那胖老板见到这小丫头竟敢喝他的狗,十分恼怒,大喝道:"哪里又来了一个臭丫头!"又朝恶狗喝道:"富贵,你找死啊!连个丫头都怕!快上!咬她们,咬!"

那恶狗这时已缓过气来,看清挡路的只是一个弱小的

女孩,便又张牙舞爪,作出姿势要攻击小岚跟朵娃。

正在这时,有个眉清目秀的女孩从屋里走出来,声音脆脆地喊了一声:"富贵!回来!"

恶狗一听,马上停止了攻击,转身跑回女孩身边。

女孩说话挺温柔的:"爹爹,放过她们吧!只是两个小女孩,别对她们那么凶,好吗?"

胖老板说:"臭乞丐罢了,你干吗帮她们!"

女孩说:"爹爹,我不喜欢你对人那么凶。"

小岚看了女孩一眼,见她生得乖巧秀气。心想:也真奇怪,这么恶毒的父亲,竟生出这样一个女儿!

趁着这时,小岚赶紧拉着朵娃走了。那恶狗犹如一头猛兽,实在不是她能对付的。

背后传来女孩的声音:"爹爹,你把番薯运去哪里呀?"

胖老板笑嘻嘻地说:"爹爹拿去仓库藏起来。要打仗了,城里食物一定越来越少。我放它一段日子,等到食物奇缺时再拿出来卖高价,可以比现在多挣十几倍的银两呢!"

女孩说:"爹爹,这样做不好!再说,我们家不是已经有很多很多钱了吗?还要那么多钱做什么?"

要打仗了

"傻女儿，钱当然是越多越好了！爹一听见那银元叮叮当当的声音就开心……哈哈哈！"胖老板的笑声就像破铜锣一样难听。

女孩说："听妈妈说，仓库里已经放满了东西，有些放久了都开始腐烂了。这些番薯，就送给一些穷困的人家吧！"

胖老板道："哼，就是烂掉了也不给那些穷鬼！"

小岚和朵娃互相看了一眼，心里都恨透了这没有良心的胖老板。

第8章
智取大番薯

四个孩子沿着大车路,向后山走去。走了一会儿,花娃便说累了,大家只好在路边的草地坐下休息一会儿。

正在这时,一辆马车从旁边飞驰而过,在离他们十几米远的地方停下了。赶车的人跑下来,拿了个小桶,在路边的小河打了桶水,拿去喂马。

朵娃一看,说:"咦,那赶车的人不是胖老板吗?"

小岚抬头看了看:"没错,就是他!"

朵娃愤恨地说:"他一定是把番薯运出去藏起来!这种人,会有报应的。"

小岚眼珠骨碌碌地转了转,说:"我想到办法了!你

们准备捡番薯吧!"

小岚猫着腰,利用路旁的树和草的掩护,轻手轻脚地向马车方向走过去。走到马车旁边,她蹲在草丛里,等候机会。

胖老板专心地看马喝水,一点没留意在他几步远的草丛中有人。小岚趁他背向自己的时候,快步走出草丛,跑向马车,把遮掩的布帘一揭,躲进了马车内。

小岚身轻如燕,没有发出一点声音,所以胖老板一点没发觉身后的马车上多了一个人。

马儿"呼哧呼哧"地喝完了水,胖老板把水桶往马背上一挂,坐上马屁股后面的车杆上,大声喝了一声:"吁——"

马儿撒开四条腿,"得得得"地跑起来了。胖老板也许想到身后五大筐番薯以后会变成白花花的银子,不由得高兴地唱起一首古里古怪的歌:"天上掉下个金元宝,砸呀砸到我头上。头上起了个大包包,不觉得痛呀,不觉得痛——"

躲在马车里的小岚马上开始行动,她把车帘揭起,搭在一旁,然后把箩筐里的番薯一个一个扔到路上……

朵娃和草儿、花娃见到那么多番薯扔到路上,开心得

快疯了！他们叫着喊着跑出来，草儿捡起一个小番薯，用衣服擦了擦，就吃了起来。花娃也捡了一根番薯，"咔嚓"一声咬了一大口。

朵娃说："先别贪吃，我们想想找什么东西，把番薯带回去。"

一时找不到装番薯的东西，草儿干脆脱掉外面的长裤，把裤脚打了个结，然后把番薯装进裤子里。朵娃和花娃就脱下外衣当包袱，把番薯包起来。

马车上的小岚争取时间，拼命往下扔呀扔呀。而那马蹄的得得声，马车的颠簸声，胖老板得意洋洋的歌声，正好掩盖了她扔番薯的声音。

小岚发现一个个扔得太慢，时间长了恐怕被老板发现，便想把整箩番薯往车下推。但一箩番薯好重啊，根本没法移动，她只好拼命扔、扔、扔。扔了一半，箩筐轻了一点儿，她就使劲把箩筐一点点移动，终于把箩筐挪到车边沿，再用力一推，推下车去。

用这个方法，小岚很快把两箩筐番薯推下车了。她想该走了，否则让胖老板发现就麻烦了。于是，她纵身一跳，跳下了车。眼看着胖老板唱着歌驾着马车渐行渐远，小岚高兴得大笑起来。

这时朵娃跑了过来,她一把拉住小岚的手,开心得语无伦次的:"好多番薯,好多番薯!我们不会饿死了,不会了!小岚,小岚,太好了!太好了!太好了……"

"哎哟!"小岚缩回手。

"你的手怎么啦?"朵娃拉起小岚的手一看,啊,上面让箩筐的竹子刺破了多处,流着血呢。

"天啊,一定很痛!"朵娃心疼地嚷了起来。

小岚说:"没事,没事!"

"伤成这样,怎会不痛!"朵娃把衣服下摆撕了一片下来,给小岚轻轻地缠上。

"谢谢!"小岚说,"我们赶快把散落的番薯收拾好。"

两个女孩子找回两个箩筐,欢天喜地往回走,一路把番薯捡起来。当她们碰到草儿花娃的时候,只见花娃用上衣把番薯包了一大包,用手捧着,但一路走番薯一路下掉。而草儿把一条裤子塞得满满的扛在肩上,十分滑稽。

小岚和朵娃见了,笑得前仰后合。

因为番薯太多,四个孩子来回走了很多趟,才全部拿回了家。

当天晚上,朵娃那间破旧的小屋充满了笑声,大家尝

着热辣辣香喷喷的番薯,讲着小岚姐姐"智取番薯"的故事,都乐不可支。

晚上,草儿和花娃睡了。这两个小家伙,梦中还开心得嘻嘻地笑着。小岚和朵娃也睡下了。黑暗中,小岚听到朵娃突然哭了起来。小岚吓得赶紧问:"朵娃,朵娃,你怎么啦?"

朵娃哽咽着说:"我是因为高兴。这十年来常打仗,每次打仗,乞丐村都会死一些人,那是饿死的。没饿死的也都只剩下半条人命。我和弟弟妹妹好不容易才撑到今天。以前碰上打仗,都碰巧家里有点吃的存着,我们再去采野菜,凑合着吃没有饿死,这次家里一点吃的都没有了,我还以为这次死定了……"

小岚拍着朵娃的肩膀,哄小孩似的:"朵娃,别哭了,以后有什么事,我们一起面对。记住,天无绝人之路。"

"嗯!"朵娃使劲点头,她想了想,又说,"小岚,有一件事跟你商量。"

小岚说:"什么事?"

朵娃说:"我想把番薯拿一部分出来,送给村里困难的人家。就像富儿桂娃家,爷爷已经八十多岁了,还在生

病,小弟弟还小……"

小岚拉着朵娃的手,感动极了。大难当头,还会想到其他人,真是个善良的女孩。

"朵娃,我支持你!我们明天就送番薯给那些困难的家庭。"

第9章
采药救人

第二天，小岚和朵娃把大部分番薯送给了乞丐村的穷人，像富儿他们家那样特别困难的，就多给一些。

富儿一家收到番薯，高兴得流了泪，为了表示感谢，桂娃还回赠了一条用小果核串成的手链给小岚，她说是小时候父亲给她做的。

经过阿荷家门口，见到阿荷和宝娃眼馋地望着她们，小岚也不计前嫌，把几个大番薯塞到宝娃手里。

那一天，她们都很开心，帮助人是一件很快乐的事。

这天晚上，天很冷，草儿和花娃早早就睡下了。因为打仗，国王要提防有东乌的人混入城中探听他们的军事秘

密,所以天一黑,就不准行人在街上走。

小岚和朵娃正要睡下,突然听到远远传来一片叫喊声和急促的脚步声。

"抓探子!"

"抓住他!"

"他跑哪去了?"

"逐家逐户搜,他跑不了的!"

"就从村头开始搜……"

接着,就听到如狼似虎的叫喝声、敲门声。

朵娃说:"一定是狼虎队发现了东乌来的人,在追捕呢!"

"狼虎队?"

"狼虎队是国王的御用军队,是专门替国王监视老百姓的。因为那些人很凶很残酷,平日对穷人打打杀杀,如狼似虎,所以我们都叫他们狼虎队。"

正在这时候,听到屋外厨房里发出一声响。

小岚和朵娃互相看了一眼,朵娃把油灯拿在手上,打开了门。两人一同走了出去。

"啊!小岚,你看,你看!"朵娃惊恐地指着厨房角落的柴草堆。

小岚一看,只见柴草堆上倒着一个人。

"是谁?"小岚喊了一声。

那人一动不动的,也没答应。朵娃吓得往小岚身后躲。

小岚说:"朵娃,把油灯给我。"

小岚把油灯凑近那人,发现是一个浑身鲜血的少年。好脸熟,啊,小岚大吃一惊,这人不正是两天前救了自己的天行哥哥吗?!

"天行哥哥,天行哥哥!"小岚喊着。

杨天行一点反应都没有。

"你认识他?"朵娃吓得浑身战栗,"他,他死了吗?"

小岚也吓得心怦怦跳,她急忙把油灯递给朵娃:"你快给我拿着灯,我检查一下。"

小岚随手拿起一根软软的小草,放在杨天行鼻子下面,小草动了呢!他还活着,天行哥哥还活着。

小岚又紧张地替杨天行检查,发现他胸口和小腿各有一处很深的刀伤,伤口还不停地往外冒血。

小岚着急地说:"如果一直这样流血,他很快会没命的。朵娃,家里有没有干净点的布条,快拿来!"

"好!"朵娃应了一声,跑回屋里,很快拿来了一件干净衣服。

她"嘶"地把衣服撕了一条下来,递给小岚。小岚也没说什么,接过就替杨天行包扎伤口。

整件衣服都撕碎了,包在杨天行伤口上,但是,仍挡不住鲜血流出。布条很快就被染红了。

"天哪,怎么办?怎么办?"朵娃吓坏了。

小岚也差点乱了方寸,但她强令自己镇静下来。她突然想起,有谁跟自己说过,有一种有着很多小齿的野草,辗碎了可以用来止血。

小岚说:"朵娃,我出去一下,看看对面草地里能不能找到能止血的草药。"

朵娃一把拉住她:"不行,你提着灯,很容易被狼虎队发现,他们会把你抓去坐牢的。求求你,等狼虎队走了再去找吧!"

小岚看看杨天行,说:"不行。迟一分钟天行哥哥就多一分危险,决不能等!"

她又对朵娃说:"你先用草把天行哥哥盖住。万一狼虎队来了,你装作刚从床上起来,什么都不知道。"

小岚说完,拿了油灯跑了出去。

采药救人

十几步远就是一片草地,长满了乱七八糟的野草。即使是白天,从乱草中找到那种长满小齿的草已是不容易,何况是在黑夜里。小岚跪在地上,利用油灯微弱的光,一寸一寸地找着。

时间一分一分地过去,狼虎队的声音已越来越近,他们快来到村尾了。只要他们走过来,很容易就会发现黑暗中那盏油灯的。

但小岚已顾不上危险了,她心里只有一个声音:快找到止血草,天行哥哥不能死!

突然——

大树下,一棵小草映入眼帘:碧绿碧绿的,有着小小的齿……

止血草!

小岚的心高兴得狂跳起来。她赶紧把油灯放在地上,就去拔止血草。拔了一堆,看看够敷伤口了,抱起刚要回屋,突然听到一阵人声。一看,糟了,狼虎队过来了!

小岚慌忙吹熄了油灯,躲在树后面一动不敢动。

"砰砰砰!砰砰砰!"村尾几户人家的大门同时被敲得震天响。

小岚紧张地盯着朵娃家的大门。那门口有三个狼虎队

队员，都一手拿着马灯，一手拿着武器。

朵娃家的门开了，朵娃走出来，她擦着眼睛，问："什么事？"

一个像是小头目的狼虎队员问："有外人来过没有？"

朵娃说："什么外人？我家只有姐弟妹四人，姐姐去外婆家了，现在就只有我和弟弟妹妹。"

小头目推开朵娃，进屋搜索。有一个狼虎队员也跟了进去。

小岚的心突然扑扑跳了起来。糟了，没进屋的那个狼虎队员，提着马灯进了厨房。

狼虎队员没有马上出来。

小岚的心一下子提到了嗓子眼。朵娃家的厨房很小，一眼就能看尽，那人怎么还不出来呢！莫非他发现了什么？

这时，进了屋的两个狼虎队员出来了，没看见同伴，便喊了一声。那个进了厨房的人出来了，只见他嘴巴在快速咀嚼着，手里还拿着什么。

小头目骂道："臭小子！你八辈子没吃过东西吗？叫你搜人，你就偷吃！"

他说完，劈手夺过对方手里的东西，往自己嘴里塞。又含混不清地说道："这番薯还真甜。"

这时，其他队员也搜完了，纷纷来报，说是没搜到探子。

小头目道："搜下一个村，别让他跑了！"

看着狼虎队离开了乞丐村，小岚悬在嗓子眼的心才落下。她急忙抱起那一堆小齿草跑回朵娃家，跑进厨房里。

朵娃一见便说："小岚，刚才好惊险，吓死我了。我真怕他们发现藏在草里的天行哥哥。"

"我都看见了，朵娃，你真勇敢！天行哥哥没被抓走，全是你的功劳呢！"小岚拍拍朵娃肩膀，又说，"你快帮我把这些草捣烂了。"

她又赶紧扒开盖着杨天行的草，看见杨天行虽然仍昏迷着，但尚有生命迹象，才稍放了心。她小心地替杨天行解下包扎的布条，血仍在流着。

这时朵娃已把草捣烂了，小岚让她举起油灯照着，然后把捣烂的草一点点敷在杨天行伤口上。

啊，真灵！伤口真的不再流血了。小岚和朵娃互相看看，都松了一口气。

这时，杨天行动了动，缓缓张开了眼睛。

朵娃高兴地说:"醒了,他醒了!"

小岚看着杨天行,说:"天行哥哥,你还认得我吗?"

杨天行点了点头:"小……岚……"

小岚开心极了,天行哥哥醒了,还认得她。杨天行挣扎着要起来,小岚和朵娃忙扶着他,让他靠着墙壁坐了起来。

小岚问:"天行哥哥,你真是从东乌来的探子吗?"

杨天行说:"是的。阿弗弗十年前夺走西乌城,现在又贼心不死,想再发动侵略,霸占东乌。我是来打探他们进攻的日期和路线,以及兵力分布情况的。知己知彼,才能百战不殆,更好地击退他们的进攻。"

小岚说:"天行哥哥,阿弗弗发动的是非正义的战争,他一定会失败的!我支持你们,支持东乌!"

朵娃也说:"大哥哥,我也支持你,支持东乌!我父母是因为十年前那场战争去世的,我希望和平,我希望阿弗弗下台!"

杨天行说:"会有那么一天的。我信'得道多助,失道寡助',阿弗弗一定会下台,东西乌一定会统一的。"

杨天行说完,又挣扎着要站起来:"我得赶快回东

乌，把打探的情报送回去。"

小岚说："天行大哥，你伤成这样，还能走路吗！起码休息一个晚上，明天再回去吧！"

杨天行还是要走。小岚没办法，只好说："那你也得先换件衣服，看你身上全是血，狼虎队一见就知道你是他们要找的人。朵娃，家里有天行大哥能穿的衣服吗？"

朵娃说："有，我父亲生前的衣服还留着。"说完便进屋，找了一件男人衣服出来，给杨天行换上。

小岚他们怎么也没有想到，一个极大的危险正在向他们逼近呢！

第10章
被狼虎队追杀

自从阿荷见到小岚给大家发番薯,心里就开始恨恨的。原以为这丫头离了她就活不了,很快会回来哭哭啼啼地求她收留。谁想到,这死丫头不但活得好好的,而且不知从哪里弄来了这么多番薯。

战争时期,这番薯放在有钱人家也是紧俏货啊!

阿荷想,这死丫头竟然把珍贵的番薯派给街坊,她一定还藏着很多很多。不如趁夜深人静时,去朵娃家偷一些。

打定主意,她等狼虎队一走,就悄悄出了门,向朵娃家走去。她听到厨房里有人说话,便从破席子的洞往里

瞧，没想到，却看到了里面发生的事。

阿荷又惊又喜。这死丫头，胆子真大，胆敢收留东乌探子！这回好了，我可以报仇了，马上报告狼虎队，看你这死丫头不死也惹一身祸！况且，刚才狼虎队的人说，如果发现了探子，向他们告密，会有赏钱呢！

哈哈，又报了仇又有赏钱，真是太好了！

阿荷正美滋滋地想着，突然有人在后面拍了她一下，做贼心虚的她吓得三魂不见了七魄。

一看是宝娃。原来刚才阿荷出门时，让宝娃看见了，心想阿荷鬼鬼祟祟的一定有古怪，便跟在她后面。当然，阿荷看见的，宝娃也看见了。

宝娃知道母亲想干什么，便拉住她，说："你不能去告密！"

阿荷说："为什么不能？这正是惩治小岚那臭丫头的大好机会呢！而且，还有赏钱！"

宝娃生气地说："本来就是我们首先对不起小岚。你还想害她到几时！我不许你去告密！"

阿荷说："死丫头，我是你娘呢，难道要娘听你不成？我现在就去！"

阿荷拔腿要走，宝娃急忙拉住她："不行，我不许你去！"

她们在门口叽叽咕咕的说话声,已经惊动了里面的小岚和朵娃,她们从厨房跑了出来。

见到阿荷母女在门口拉拉扯扯的,小岚一愣,忙问:"宝娃,怎么回事?"

宝娃着急地说:"小岚,你快跑,阿荷发现你们厨房里藏着探子,她要向狼虎队告密!"

小岚大惊,转身就往厨房跑。以阿荷的为人,她会这样做的。得马上把天行哥哥转移到别处。

"天行哥哥,有人发现了你,要告密!来,我扶着你走,我们马上离开这里。"小岚急着扶杨天行起来。

杨天行挣扎着站了起来:"不,我自己走!我不能连累你们。"

小岚斩钉截铁地说:"不行!我一定要陪你走。你伤成这样,没有人照顾,怎么能走路呢!"

朵娃说:"我也可以帮忙,扶大哥哥走。"

小岚说:"朵娃,你不能跟我们走。你得照顾草儿和花娃。你马上叫他们起来,先找个地方躲躲,我怕阿荷连你也告了。"

小岚说完,扶着杨天行就往外走。屋外,宝娃还在拼

命拉住阿荷,但明显地已快控制不住阿荷了,她朝小岚说:"快跑!快!"

"谢谢你,宝娃!"小岚对宝娃说完,扶着杨天行急急离去。

阿荷见到,更用力挣扎。朵娃见到宝娃快抓不住了,正想去帮忙,怎知这时候阿荷使劲把宝娃一推,拔腿跑了,很快消失在黑夜中。

只听到阿荷边跑边叫:"探子在这里,探子在这里,快来抓探子啊!……"

"该死!"宝娃恼怒地跺脚。

远处传来一阵叫嚣:"探子在哪里?在哪里?"

"往哪个方向去了?"

阿荷刺耳的声音:"那边,美仑村那方向!"

宝娃使劲地一跺脚:"阿荷,小岚要有什么事,我不会饶你!"

朵娃眺望远处,满眼都是担心。

究竟小岚和杨天行情况怎样呢?黑暗中难辨方向,所以两人只能有路就走。

杨天行身有刀伤,胸口的伤痛还可以强忍,但脚上的伤就每走一步都痛得钻心,在小岚搀扶下,他强撑着走啊

走啊。

身后传来人声,纷沓的脚步声。

"走快点,听说探子受了伤,应该走不远。"

啊,追兵来了。该死的阿荷!

小岚心里很焦急,无奈杨天行走不快,她又无力把他背起。杨天行再也走不动了。

人声越来越近了。杨天行说:"小岚,你别管我了,这样我们两个人都会被抓的。你自己快跑吧,他们抓了我,就不会继续追你了。"

小岚说:"不行!绝对不行!"

可是这样下去也不是办法,正如杨天行所说,结果只能是两个人都被抓。怎么办呢!

情急之中,小岚发现他们走进了一条后巷,一间民宅的后门,门半掩着。

进去躲躲!小岚当机立断,一手推开门,扶着杨天行走了进去。

是大户人家的房子呢!进门便是一个露天花园,花园三面是一个个房间。隐约听到一男一女的说话声渐近,小岚急忙推开最近的一个房间的门,扶着杨天行走了进去,然后转身把门关上。

拯救未来的公主

马上闻到一阵香味。一看房内陈设,原来是走进了一个女孩子的闺房。幸好屋里没人。

刚才听到的说话声来到了门口。

"女儿,幸亏还有你陪爹说话!哼,你娘,你哥,一个个睡得像死猪似的,谁也不肯起来。唉,爹到现在心里还气得慌呢!五箩筐番薯,好好地放在马车上,怎么就不见了两箩筐呢!那可是两箩白花花的银子啊!气死我了!气死我了!"说话的人粗声粗气的。

接着,听到一把清脆温柔的声音:"爹爹,你就别再生气了。没了就没了,别气坏了身子。你赶了一天马车,刚回来,一定很累了。我叫奇嫂做了夜宵,你吃完就赶紧睡吧!"

"好吧,爹不生气了。爹吃完夜宵就睡,你也困了,快进屋睡吧。爹去吃夜宵了。"

"嗯。爹爹,晚安!"啪嗒啪嗒的脚步声离去。

这时,门"吱呀"一声被人推开了,那人一见房内有人,吓得呆若木鸡。

小岚一直觉得门外的对话声音好熟。一看那人,竟是前天叫住恶狗、救了小岚和朵娃的那个眉清目秀的女孩子。

那刚才和她说话的人一定是胖老板了。怪不得声音这么熟！真是冤家路窄，竟躲进他家来了。

"嘘！"小岚把手指搁在唇边，示意女孩别作声。

那女孩显然也认出小岚来了。呆了一下，回身关上了门。

小岚说："我们不会伤害你的，只是被人追捕，无意中躲了进来。等追兵走远了，我们就会离开。你肯帮我吗？"

那女孩毫不犹豫地点点头。小岚这才松了口气，对女孩说："谢谢你！"

女孩正要答话，突然门外响起了那把粗粗的声音："女儿，开开门。"

小岚顿时紧张起来。不能让胖老板看见她和杨天行。她朝女孩看过去，女孩当然明白她的意思，便说："爹，什么事？"

"我买了一样小玩意给你，刚才忘记给你了。"

女孩说："谢谢爹！不过，我已经睡下了，你明天再给我好吗？"

"好好好，爹先替你收着，明天再给你。你睡吧！"啪嗒啪嗒的脚步声又远去了。

女孩朝小岚和杨天行笑笑:"没事了。如果不介意的话,就在这里待到天明再走吧!"

杨天行说:"谢谢你!但是我们不能留在这里。狼虎队追不到人,一定会回来进屋搜查,万一被他们发现了,会连累你们的。趁着他们到前面追人了,我想现在就得离开。"

女孩看了看杨天行,说:"大哥脚上有伤,怎么能跑得过那些追兵呢!我找一匹马给你们!"

小岚感动极了,"谢谢你想得这么周到,谢谢你这样鼎力相助。"

杨天行也说:"姑娘,我们非亲非故,你都可以这样帮忙,如果我们能脱险,定当报答小姐。"

女孩说:"我从没想过要你们回报。我爹爹做了很多坏事,我要尽量多帮助有需要的人,多做好事,为他赎罪。"

小岚很感动:"你爹有你这样的女儿,是他的福气。"

女孩带着小岚和杨天行,悄悄走到马圈,胖老板刚用完的大白马正在埋头吃草,女孩拍拍它的肚子,说:"小白呀小白,又要辛苦你了。你要加油,一定要替我把两位

送到安全地方。"

白马好像听懂了似的,用舌头不住地舔她的手。

小岚在女孩的帮助下把杨天行扶上马背,她自己也纵身一跳上了马,坐到杨天行后面。

小岚转头问女孩:"还没请教大名?"

女孩笑着说:"我叫芳娃。"

"我叫小岚,他是天行哥哥。芳娃,后会有期!"

"后会有期!"

第11章
出城惊魂

白马撒开四腿，飞快地跑起来了。听到一阵闹哄哄的声音，原来是狼虎队追到美仑村的尽头，都没追到人，于是开始逐家逐户搜人了。黑压压的人布满了大街。杨天行说："小岚，你坐稳，我们冲过去。"

"好！"小岚双手紧搂住杨天行的腰。

杨天行双腿把马肚子一夹，白马飞一般向狼虎队冲去。

"要活命的，快闪开！"杨天行喝着。

"马来啦，快躲啊！"

"拦住他们！"

"他们就是探子!抓探子!"

一片喊声。

杨天行和小岚在一片叫喊声中冲了过去。

"追啊!"

"别让他们跑了!"

那匹白马很能跑,很快就摆脱了狼虎队,吵吵嚷嚷的声音离得越来越远了。

杨天行说:"他们还是很快会追过来的,我们赶快去南门,找机会出城。南门是四个城门守卫最薄弱的地方,我来的时候,就是趁着夜深人静从南门进来的。"

白马朝南门跑去,很快到了禁区。杨天行说:"奇怪,往日这禁区都有士兵守卫,不准进入,怎么今天没人守。"

小岚说:"可能是把卫兵调去追捕我们了。哈,真是天助我们了!"

因为怕惊动守门士兵,杨天行把马勒住,两人下了马。

悄悄走近城门,见到有两个身形高大的卫兵,手拿大刀在守卫着。月光下,那两把大刀寒光闪闪,看上去十分锋利。

以杨天行的伤势,还有手无寸铁的小岚,肯定不是他们对手。况且杨天行知道,城门旁边守城卫队的营地里,还驻有许多卫兵,只要守城那两人大声一喊,马上会冲出来增援。

怎么办?

两人只好躲在角落里,寻找机会。

那两名卫兵大概站着无聊,便东一句西一句地聊了起来。

"兄弟,你有多长时间没回家了?"

"一年了。唉,离家时我媳妇还怀胎八月,现在孩子早该生了,现在七个月大了吧!还不知是男孩是女孩。我真想回去看看孩子。"

"我从被征兵入伍,至今也有半年多了。我老婆在东乌不能回来,家里没人照顾。唉,都不知我那八十多岁的父母,还有富儿桂娃,日子怎么过!"

小岚心里打了个愣。这人的儿女叫富儿桂娃,家里还有八十多岁的老人,天哪,难道他就是富儿桂娃的爹?!

一定是!朵娃不是说,他们的爹是不久前被征兵入伍的吗?

小岚一颗心兴奋得快要跳出来,她小声对杨天行说:

"我认识那卫兵的儿女。"

杨天行听了,也很是惊喜。

也真是巧。这时另一卫兵捂着肚子,说:"哎呀,今天吃错了什么,肚子老是痛。我得去方便一下。"

富儿爹听了忙说:"那你赶快去吧!快去快回。要不等会头儿来查岗,会骂人的。"

"好,好!"那卫兵捂着肚子,小跑着离开了。

小岚大喜过望,她看看周围,静悄悄,一个人也没有。便对杨天行说:"你别出来,我先去探探口风。"

说完,就跑了出去。

富儿爹见有人朝城门口走来,忙举起大刀,说:"谁,站住!"

见是个女孩子,又说:"小姑娘,你快走,这里是军事禁区,不许百姓进入的,让长官看见了,你会被抓去坐牢的。"

小岚走近几步,说:"伯伯,您是不是富儿、桂娃的爹爹?"

富儿爹大吃一惊,说:"你怎么知道的?"

小岚说:"我是富儿、桂娃的朋友呢!"

小岚说着,拿出桂娃送给她的手链,"看,这是桂娃

送给我的。"

富儿爹认出是女儿的东西,眼泪哗哗地流出来了:"富儿他们过得好吗?"

小岚说:"他们没了伯伯的照顾,只能去乞讨。爷爷奶奶年纪大,最近又病倒了……"

富儿爹更伤心了:"可怜的孩子!只恨当爹的不能回去照顾你们!"

小岚说:"伯伯,您放心吧!大家都会帮他们的。我们今天还送了番薯给他们充饥呢!"

富儿爹很感激:"那太谢谢你们了。希望这场战争早日结束,我们好回去照顾父母孩子。"

小岚说:"伯伯,有件事不知您能不能帮忙。"

富儿爹说:"你说,能帮的一定帮。"

小岚想,不能说出天行哥哥的身份,他会害怕的,便说:"我哥哥病得很厉害,城里所有大夫都看过了,也没治好。我听说附近罗荷城有一个很厉害的大夫,能治百病,所以,我想送哥哥出城,去罗荷城找那大夫看病。"

富儿爹犹豫了:"出城,这……"

小岚说:"伯伯,求求您了!大夫说,我哥哥的病不能拖了,要是找不到医生治疗,他活不了几天了。呜

呜呜……"

也许是焦急的缘故吧,她竟真的哭了起来。

"别哭,别哭。"富儿爹看看四周没人,说,"好吧,我帮你。动作快点。趁我拍档去了茅厕,要不他回来你就走不了啦!"

小岚一听高兴极了,说:"谢谢伯伯,谢谢伯伯!我马上带我哥来!"

小岚急忙跑到拐角处:"天行哥哥,我说服富儿爹让我们出城了。你赶快上马吧!等会出城,你只管伏在马背上,闭着眼睛别吭声。不管发生什么事,你都别管,一切我来应付。"

杨天行照做了。小岚牵着马来到城门口,富儿爹马上搬动闩着城门的那根粗大的横杠,然后去推城门。

那道门又厚又重,富儿爹使尽力气,门只动了一点点。小岚见了,也去帮忙。女孩子毕竟力气小,门还是推不开。

杨天行见了心里也急,真想跳下马帮上一把。正在这时,听到一把惊骇的声音:"你们在干什么?"

小岚和富儿爹惊得一回头,原来是上茅厕的卫兵回来了。卫兵眼睛睁得圆溜溜的,看着富儿爹。

"这……这……"富儿爹吓得浑身打战。私自放人出城,那是死罪啊!

小岚开始也慌了手脚,但她很快就镇静下来。她对那卫兵说:"叔叔,不关这位伯伯的事,是我硬逼着他开城门的。"

卫兵见是一位小姑娘,口气放缓了点:"你不知道私自出城和私自放人出城,都是死罪吗?你会连累我拍档的。"

小岚说:"对不起,真对不起!我也是没办法才求伯伯的。我哥得了重病,快死了,只有罗荷城一位名医能治这种病,所以我不得不带他出城。"

小岚心里着急,说着说着,又流下泪来:"叔叔,你做做好事,救救我哥吧!你让我带哥哥出城去找大夫吧!"

"这……"卫兵见到小岚这样,有点于心不忍,又看看伏在马背上的杨天行,见到他那张因失血过多显得异常苍白的脸,心里也很同情。于是狠狠心,说:"好,我帮你!"

他急忙走向城门:"来,我们一起使劲。"

在三个人的努力下,门一点点开了,富儿爹说:"姑

娘,你快带哥哥走吧!"

小岚急急牵马走出城门,又回头说:"叔叔,伯伯,我会记住你们的。后会有期!"

两名卫兵朝她挥挥手,急忙把门关上了。

终于逃出来了。小岚和杨天行都松了一口气。杨天行对小岚说:"小岚,我怎么谢你才好呢!这么难的事情你都做到了,你真了不起。你救了我,救了东乌!"

小岚说:"要谢的话,得谢那两位叔叔伯伯呢!要不是他们,我和你都走不了。"

杨天行说:"我会记住所有帮助过我的人的。希望有一天我能亲自去感谢他们。"

杨天行观察了一下四周,说:"从这条路过去不远就是爱玛山,那里山高林密,狼虎队就是追出来,也很难发现我们。翻过山,就是东乌了。"

小岚关心地问:"天行哥哥,你伤口痛吗?还能走那么远的路吗?"

杨天行说:"你放心,我是军人,这点伤还挺得住。"

小岚对杨天行说:"天行哥哥,西乌我是回不去了,我现在已无家可归,你带我回东乌吧!"

拯救未来的公主

杨天行一听十分高兴:"那求之不得呢!你救了我,我还没机会报答你呢。你跟我回东乌太好了,我一定把你当成妹妹,好好照顾的。"

小岚笑着说:"你也救过我一次呢!我们扯平了,谁也别说报答谁。"

说得杨天行笑了起来。两人上了马,白马跑过小路,跑进了深山密林。杨天行突然发现迎面横着一根粗大的树枝,慌忙喊了一声:"小岚,伏下!"

但晚了,白马已冲到粗树枝面前,马过了,而小岚跟杨天行两人却被树枝扫落到地上。

第12章
小岚恢复记忆

小岚醒来了。她张开眼,看见了蔚蓝的天空和天空上的片片白云,听到了啾啾的鸟叫声。

她发现自己睡在一棵大树下,身下是厚厚的落叶,这让她像躺在毛毯上一样舒服。

她坐了起来,看看四周,分明是在一座怪石嶙峋、树木郁葱的山上。这是哪里呀?乌莎努尔好像没这样子的山。

有个英俊秀气的少年朝自己走来:"小岚,你醒了?太好了!"

"万卡哥哥!"小岚惊喜地喊了起来。

拯救未来的公主

那人一拐一拐地走近，小岚才发现只是一个身形像万卡的少年。

少年担心地看着她："小岚，你昨晚从马上摔了下来，一直昏迷不醒。你现在觉得怎样？"

"我认识你吗？"小岚困惑地看着他。

"你怎么连我都不记得了！你是不是摔坏了脑子？"少年焦急地说，"我是你的天行哥哥。因为潜入西乌探听军情，在乞丐村被狼虎队追捕，受了伤，是你帮助我逃脱的……"

"啊，乞丐村？"小岚的脑子突然清晰起来，她想起来了，把一切都想起来了！

发现乌莎努尔历史被改变，发现世界上没有了万卡这个人；拿了晓星的时空器，要回到过去拯救历史；在半空中掉下来，昏迷过去……

然后，遇见阿荷，发生一连串的事。还有，朵娃、天行哥哥、芳娃、东乌莎努尔、西乌莎努尔……

她喃喃说着："乌莎努尔，乌莎努尔，啊，原来我已经来到历史上的乌莎努尔了！"

真是因祸得福，没想到，小岚从马背上摔下来，倒让她的记忆回来了。

小岚朝着杨天行喊了一声:"天行哥哥!"

杨天行高兴地说:"谢天谢地,你记得我了!"

小岚看着他的脚,责备道:"你的脚受了伤,怎么不好好坐着休息,还要走来走去的!"

"我在山上找到了一些有特效的草药,在伤口上敷了一晚上,现在已好多了。刚才我去找了点吃的。"杨天行说着,从口袋里掏出一大把褐色的果子,"你尝尝看,这野果味道不错呢!"

小岚肚子早饿得咕咕叫了,她拿了一个放进嘴里,有一丝丝甜,口感也很好。她也拿了一个给杨天行:"你也吃啊!"

"嗯。"杨天行把果子放进嘴里,吃得津津有味的。果子还真能填肚子呢,每人吃了十几个之后,不那么饿了。

这时候,白马也吃饱了草,于是两人开始上路了。小岚坐在杨天行后面,用手搂着他的腰,脑子里想着事情。史册上没有讲乌莎努尔曾经分裂成两个国家呀?又是什么地方出了问题呢?自己穿越时空来这里,原本只是还历史真实,帮助万卡祖先在"一箭定江山"里取得皇权。没想到现在倒要先帮助东西乌完成统一大业了。

拯救未来的公主

杨天行见小岚不吭声,便问:"小妹妹,在想什么呢?"

小岚说:"没什么。我想东乌究竟是一个什么样子的地方呢?"

杨天行说:"当然是好地方!我们有三位爱民的好首领,有很善良勤劳的人民。噢,对了,回去以后,我一定要把你介绍给梅登、查韦姆和杨济民三位首领,他们一定很高兴认识你这位了不起的女孩子。"

"梅登、查韦姆和杨济民?"小岚愣了愣,怀疑自己听错,又问,"那三位首领除了查韦姆、梅登,还有谁?"

杨天行回答:"还有一位是杨济民。"

小岚吓了一跳:"第三位不是叫霍雷尔吗?是叫霍雷尔!"

杨天行笑着说:"小岚,你好奇怪啊!怎么说第三位首领不是叫杨济民呢?杨济民是我爹,我总不会连自己的爹叫什么名字都会搞错吧?"

"啊!"小岚呆呆地看着杨天行。怎么又出现问题了。乌莎努尔在未统一前由三位首领共同管理,那三位首领是乌努人查韦姆、梅登、霍雷尔。统一后"一箭定江山"选国王，参与射箭比赛的也是查韦姆、梅登、霍雷尔，怎么现在成了梅登、查韦姆和杨济民呢？

妈呀，这历史可不是魔术，怎么会变来变去的？

莫非杨济民跟霍雷尔是同一个人？

或者后来有霍雷尔出现，取代了杨济民？

如果是前者，那眼前这杨天行，岂不就是万卡的祖祖祖祖祖爷爷？这祖宗可是不能乱认的啊，搞错了，不但历史不能拨正，还会令历史又变成了另一个样子呢！

但她不能跟杨天行说这些呀！她只好支支吾吾地说："我没有说你搞错，只是奇怪乌莎努尔人怎会选汉人做首领呢！"

杨天行说："哦，是这样的。我父亲多年前从中原来到这里时，刚好碰上这里爆发一种致命疫症。全国绝大多数人都被传染上了，病人发高烧、咳嗽，几天就会死亡。所有名医高手都搞不清是什么病，也无法对症下药。疫症发生半月，就死了几千人，而且死亡人数每日都在攀升。"

小岚眼睛睁得圆圆的，啊，这病比香港发生过的非典型肺炎还要可怕呢！

杨天行继续说："当时乌莎努尔由梅登和查韦尔领导

着,他们见到疫情越来越严重,染病及死亡人数不断增加,急得要命,便想了一个办法:到处张贴招贤榜,说是如果有人能医治这种病,制止疫症蔓延,就拥立谁为首领,连他们都愿意听命。"

小岚专注地听着。

杨天行又说:"招贤榜贴出多天,都无人揭榜。刚好我爹为了躲避仇家,带着我逃出中原,途经此地。见到招贤榜,便留下帮忙。我家世代行医,对治这种疫症有个秘方。爹爹见到疫情严重,为了更方便救人,不惜公开了祖先秘方,让更多病人得到及时救治。爹爹的秘方救了无数人,也救了乌莎努尔。"

小岚点头说:"你爹真是功不可没呀!"

杨天行继续说:"是的,但同时问题来了。乌莎努尔民族有古训,头领只能由本族人担任,不传外人。当两位首领发出招贤令,请高手拯救乌莎努尔人的时候,万万没想到这个救星会是一名来自中原的外族人,所以事情陷入十分尴尬的境地。爹爹当初只是本着治病救人的目的揭了招贤榜,也没想真的要当什么首领,所以见到疫情已控制,便悄悄收拾好行李,打算带着我又再浪迹天涯。"

小岚听了十分佩服,说:"你爹爹真是个施恩不图报的好人。"

"我同意，我爹的确是个好人。"杨天行点点头，他接着回忆说，"我清晰记得，那天爹爹让我坐到马背上，他自己背着包袱，牵着马，准备离开乌莎努尔。没想到，一路上，百姓见到我们，都痛哭流涕，跪着恳求我们留下。走着走着，我们再也迈不开步了。因为，前面的路黑压压地跪了一地的人，不让我们离开。正在僵持间，两名首领骑着马飞跑过来，他们拉着爹爹，不让我们走，说即使违背古训，也要留我爹做首领。我爹很感动，就留下了，但他坚决要求梅登和韦雷姆留任，自己只是留下来做一名大夫。后来拗不过梅登和查韦姆，才勉强接受，成为三位首领之一，和他们共同管理乌莎努尔。"

小岚听了很感动，她心里暗想，听这故事，杨济民又挺像是万卡的祖先，只有这样德才兼备的祖先，才可能有万卡这样优秀的后人啊！

她想了想，又问杨天行："那你爹爹还有其他名字吗？比如说乌莎努尔族人惯用的名字。或者，你爹爹打算改名吗？"

杨天行诧异地看着小岚："小岚，你问得好奇怪啊！我爹并没有其他名字。另外，他干吗要改名呢？"

小岚说:"没什么,随便问问而已。"

她心里直嘀咕,究竟杨济民是不是万卡哥哥的祖先呢?可惜自己读过的历史书没有细谈三位首领的出身来历,所以无法确定霍雷尔是否就是中原来的杨济民。

这时,杨天行问小岚:"对了,我还得谢谢你替我用小齿草止血呢,要不我很可能就因为流血过多而没命了。其实我想问问你,你怎么懂得用小齿草给我止血的?这可是我家的独门秘方啊!很多大夫都误以为小齿草有毒,都不敢使用。"

小岚一听,心里暗忖:小齿草能止血这方法是万卡教的,现在天行哥哥又说这是他家独有的秘方,这究竟是巧合,还是说明天行哥哥真是万卡的祖先?杨济民真是一箭定江山的三位首领之一?

不管那么多了,跟着天行哥哥回东乌去再说。起码时间空间是对的,"一箭定江山"的事情还没发生,自己见机行事好了。

第13章
与"疑似"万卡祖先见面

多亏了芳娃赠的白马,小岚和杨天行顺利地翻过爱玛山,山的另一头就是东乌莎努尔了。

未分裂前的乌莎努尔由两个大城市组成,也就是东乌和西乌。阿弗弗造反,夺取了西乌,占地为王。但未被夺走的东乌相对而言物产更丰富,所以常常惹得阿弗弗垂涎三尺,老是想占为己有。

小岚发现,东乌跟西乌一样,四面都有城墙包围,十分坚固。怪不得阿弗弗多次攻打都未能成功。

傍晚时分,马走进了街道。小岚见到两旁店铺林立,商品丰富,街上秩序井然。人们脸上带着微笑,或热情接

待顾客，或细心挑选货品，或悠闲走过，或匆匆而行，全都展现一派平和景象。

街上的行人发现了杨天行，全都恭恭敬敬地跟他打招呼。

"杨将军好！"

"杨大夫好！"

"杨兄弟好！"

"杨娃子好！"

小岚忍不住噗嗤一声笑了起来。

杨天行问："你笑什么？"

小岚说："你的称谓可真多啊，杨将军、杨大夫、杨兄弟，还有……杨娃子！"

杨天行也笑了："因为我是东乌的镇国将军，所以人们叫我杨将军；我闲时常给人们看病，所以人们又喊我杨大夫；我跟很多年轻人很投缘，所以他们都喊我兄弟；我平日很尊重长辈啊，所以长辈们都喜欢我，把我当他们的孩子，叫我娃子。"

小岚不禁对杨天行肃然起敬。一个少年人，竟深受这么多人爱戴，可见他人品多么好。

白马在一座大宅门口停下了。小岚留意到，那大宅跟

与"疑似"万卡祖先见面

乌莎努尔的房屋很不一样,很接近中国古代的建筑风格。

门口有个护卫,一见杨天行便上前行礼:"少爷,您回来了!老爷一直很担心你呢!"

见到杨天行走路一拐一拐的,慌忙问:"少爷,您的脚……"

杨天行说:"一点小伤,不用大惊小怪。"

说完,拉着小岚进去了。走过一个布局也颇像中国园林的花园,走上一条走廊,又拐进了一个房间。

说是一个房间好像不大准确,因为里面很大,一进去是客厅,看样子往里走还有四五个小房间。

"小岚,坐!"杨天行招呼着小岚,而他自己先一屁股坐下了。

他受伤以后,一路撑着,真的精疲力竭了。

一个少年闻声走了出来,一见杨天行,惊喜地说:"少爷,你回来了!老爷惦着你呢,天天念叨着。我现在就去告诉他,好吗?"

"先别叫。"杨天行制止着,又说,"小多,你给我端一盆干净的水,再把药箱拿来。"

小多这才发现杨天行脸色很差,吃惊地问:"少爷,你怎么了?"

拯救未来的公主

杨天行说:"一点小伤而已。少啰唆,快去把药箱拿来。"

小多忙把药箱拿来,杨天行打开药箱后从里面取东西。有人推门进来了。

"天行,天行,你终于回来了。大家都盼着你呢!"

小岚一看,是一位面目和善的中年人,他样子跟杨天行长得很像。不用猜就知道是天行的爹爹杨济民。

"任务完成得怎样?"杨济民问。

"幸不辱使命!"杨天行从口袋里掏出一张图,"东乌军队人数及武器配备情况以及城内守卫布防,已经画在上面了。"

杨济民接过一看,兴奋地喊了起来:"好小子,真有你的!"说完,使劲地在杨天行肩膀上拍了一下。

这一下,触动了杨天行的伤口,他忍不住"啊"了一声。

杨济民吓了一跳:"天行,你怎么了?"

他看见了桌上的药箱,忙问:"你拿药箱干什么?受伤了?"

杨天行说:"爹爹,任务完成刚要离开时碰上了狼虎队,胸口和脚受了点伤。"

与"疑似"万卡祖先见面

杨济民一听很紧张:"伤得重吗?让爹看看。"

杨天行说:"爹,小事而已,你忘了你儿子也懂医术,伤口我已经处理过了。"

但杨济民不由分说,已掀起他的衣服,查看伤势。

"啊,伤口还很深呢!一定流了很多血吧!幸亏你用小齿草及时止了血。"杨济民边说,边帮杨天行把伤口重新清洗及换了药。

杨天行说:"爹爹,还得感谢这位小岚姑娘呢!我当时受伤昏迷,要不是她用小齿草替我止血,我可能都不能回来见您了。"

杨济民这时才发现一旁的小岚。他说:"谢谢你啊,小姑娘,谢谢你救了小儿的命。"

小岚很喜欢这位慈眉善目的叔叔,她说:"叔叔别客气,天行哥哥也救过我呢!"

"这位小岚真不简单……"杨天行把自己如何认识小岚,后来在自己身负重伤被追捕时,小岚怎样营救自己,一一告诉了父亲。

杨济民听了,不禁站了起来,朝小岚作了揖,说:"我代表东乌国民,在此谢过小岚姑娘。天行前往西乌,任务完成与否,关系东乌能否击退西乌军队,保卫家园。

若不是姑娘救了天行,情报送不回来,必定误了大事。"

小岚慌忙回礼,说:"杨叔叔,您过奖了。我只是做了该做的事。不过,西乌我暂时回不去了,可能要留在这里打扰你们一段时间呢!"

杨济民说:"何来打扰,欢迎还来不及呢!你是因为救天行才会无家可归的。你就安心在这里住着。"

小岚说:"谢谢杨叔叔!"

至此,小岚已经朝"还历史真实"迈开了关键性的一步了。她已穿越时空,来到了三百多年前乌莎努尔三位首领治国时期,来到了"疑似"万卡祖先的杨氏父子身边,接下来要做的事,就是在东西乌统一之后,一箭定江山之时,让历史循着正确的轨迹走。

小岚心内为自己打气:天下事难不倒的马小岚,你一定行的!

小岚在杨府住了下来。杨天行母亲已经去世,家里没有女主人,所以杨济民派了一名婢女娅娃专门照顾小岚。

小岚被安排住进了一间布置虽不华丽但整洁、雅致的房间,房间内所需日常用品都很齐全,拉开衣橱,竟还挂了十多件不同款的女孩衣服,小岚拿出一件试试,竟然十分合身!

与"疑似"万卡祖先见面

娅娃是个细心又能干的女孩,把小岚照顾得很好,令小岚想起了她现代宫中的管家玛亚。

小岚折腾了一天,也累了,洗了个舒舒服服的澡,便睡了。

小岚晚上睡得香极了,不论是杨家父子,或娅娃,或这幢偌大的杨府,都给她一种安全感,一种信任感,一种亲切感,就好像在自己家里一样。

早上,小岚醒来,发现太阳已升起很高了,估计已是早上九点多。

噢,起晚了!小岚一骨碌爬起身,坐在床沿上,正考虑该喊娅娃还是自己去找地方洗脸时,门"吱呀"一声开了,娅娃笑吟吟地捧着一盆洗脸水进来。

这女孩可真机灵,她可能早就在门外候着了,一听到屋里有动静,便马上进来侍候。

"小岚姑娘,早安!来,先洗把脸。"

"谢谢你!娅娃。"

洗漱完,娅娃又端上早点,说:"请姑娘用早餐。"

小岚问:"叔叔和天行哥哥吃了吗?"

娅娃说:"老爷因为要去议事府议事,一大早起来了。少爷也习惯早起,他陪老爷先吃了,给姑娘留着。"

小岚心里未免有点惭愧,自己可真懒啊,天行哥哥受了伤,也比自己早起呢!

小岚吃了早餐,就出去找天行哥哥。

天气很好,蓝蓝的天空白云飘。太阳照在身上,暖洋洋的十分舒服。走到杨天行房子门口,见到小多正忙碌着。他把一摞摞书从屋里捧出来,放到院子里一张大桌子上,又一本本摊开。

他在晒书呢!

见到小岚,他露出很可爱的笑容,又很有礼貌地行了个礼,说:"小岚姑娘,您早!"

小岚笑着说:"晒书吗?"

小多说:"是啊。早前一连下了很多天的雨,将军的书都有点发霉了。将军平日可珍惜这些书呢,所以看到今天有太阳,我赶紧拿出来晒晒。"

小岚拿起几本书看看,原来都是一些军事、地理、医学等方面的书。

小多年纪跟小岚差不多大,长着一副娃娃脸,样子挺可爱的。见了小岚,开始还有点害羞,但见到小岚亲切的笑容,又没一点架子,所以很快便熟稔起来。两人聊了一会儿。小岚从小多那里听到了杨天行父子的很多事情。

与"疑似"万卡祖先见面

原来杨济民当上了东乌首领之一以后,闲时仍常常替老百姓义诊,东乌人都很感激他、爱戴他。那时杨天行还是小孩子,但已跟父亲一起帮人诊病,有"小神医"之称。

后来因为阿弗弗常常侵犯东乌,杨天行为了保卫他的第二故乡,又去拜师学武,练得一身好武艺,几年下来,成了东乌第一勇士,被封为镇国将军。

多优秀的一对父子啊!小岚心底里,真希望他们就是万卡的祖先,历史上的第一任国王。

小岚惦记着杨天行的伤,便问:"小多,天行哥哥在哪里,我想去看看他。"

小多说:"少爷在马圈呢!他习惯了每天早起练武。现在有伤,不可以练,便去看他的马了。"

小岚忙问:"马圈在哪里?"

小多说:"出了门,走过花园,往右再走一段路,便可以见到。"

按着小多的指点,小岚很快找到了马圈。远远见到杨天行用手抚着一匹小黑马的毛,十分爱惜。

"天行哥哥!"小岚喊了一声。

杨天行脸色还很苍白,但精神不错,见是小岚,显得

很高兴:"小岚,起这么早啊!"

"你不是比我还早吗?"小岚又关心地问,"你的伤怎样了,还疼吗?你该多休息啊!"

杨天行说:"比昨天好多了。我是个坐不住的人,想出来活动活动。老是躺着,会把我闷死的。"

看见杨天行挺精神的,小岚放了心。她转身看着小黑马,赞叹道:"这匹小马好漂亮啊!"

小马全身黑色,只有眉心有一月形的白色,四肢修长有力,身上的皮毛柔顺光滑,就像一块黑缎子。小黑马的眼睛长得很漂亮,眼梢往上扬,但不知为什么,它低着头,眼睛显得很忧郁。

小岚问:"它怎么啦?"

杨天行说:"它妈妈死了。那是一匹强壮的大黑马,我去西乌时,就是骑着它妈妈去的。昨天遇到狼虎队,恶战中,大黑马被刺死了……"

"原来是这样。"小岚抚着小黑马的脑袋,说,"小黑马,别难过,你妈妈是为了乌莎努尔而死的,它死得很英勇呢,你应该为自己有这样一位好妈妈而骄傲。"

小黑马好像听懂一样,竟把低垂的头扬起,朝着天空"嘘……"地叫了几声。

小岚拍拍它:"好孩子,姐姐带你溜达去!"

她又对杨天行说:"天行哥哥,我能骑骑小黑马吗?"

杨天行惊喜地看着小岚:"你会骑马?"

原来,在乌莎努尔女人都习惯在家照顾家人,出外工作及骑马打仗的事,都只有男人会干。

小岚心想:我会骑马,都是你那"疑似"后人万卡教的呢!

她对杨天行笑笑,把小黑马牵出马圈,用手拍拍它的脑袋,然后一纵身跳上马背。

"嘿,小黑,跑呀!"小岚喊道。

小黑马很有灵性,马上迈开四腿,奔跑起来。人骑马向来讲究合拍,再好的骑手也要跟第一次骑的马互相磨合,慢慢适应,但小岚和小黑马一下子就配合得天衣无缝、人马合一。

小黑马载着小岚向那片大草地奔驰而去,人和马,很快就变成了一个小黑点。

杨天行看呆了,还以为小岚会骑马只是属于"花拳绣腿",做个样子而已,没想到她骑术如此精湛。

眨眼间,小黑点又由远而近,小黑马载着小岚跑回来了。阳光灿灿,朝霞艳艳,衣服被风猎猎吹起,小岚更显得英姿飒爽。

小黑马跑近杨天行,小岚一勒缰绳,小黑马收住脚步,刚好在杨天行面前停住。

小岚跳下马,转身摸摸小黑马的脑袋,说了一句:"小黑马真能干,跑得又快又稳!"

杨天行用欣赏的目光看着小岚,笑道:"'真能干'应该是你呢!小岚,你真让我惊喜。你一个女孩子,怎么会这样厉害呢!胆子大,心又细,又懂得给人治伤,骑术又这么好,你究竟是一个什么样的女孩子呀?你究竟是从哪里来的?"

小岚吓了一跳,还以为杨天行发现了什么:"啊,我是从哪里来,从西乌来啊!"

杨天行笑道:"你倒像是从天上下来的、无所不能的小仙女。"

小岚朝杨天行挤挤眼睛:"噢,你说我是从天上下来的,那我就是从天上下来的吧!"

她心想,天行哥哥,你说得没错,我还真是从天上掉下来的呢!

第14章
主动出击

小岚跟杨天行各自骑着一匹马,去检查各处备战情况。一路上,人们都用惊讶的眼光看着骑马的小岚。在乌莎努尔,从来没见过女子骑马啊!而且还是那么一个美丽超群的少女呢!尤其那些年轻的少男少女,都追在马后看,眼里满是佩服和仰慕。

小岚就像以往公主出巡接受民众欢呼一样,仪态万千地朝人们招手问好。被粉丝追逐这种场面,她可是司空见惯,一点也不觉得什么。

杨天行见了,心内惊讶。这小姑娘究竟是什么人啊,看她那皇者气派,真不像是一般人呢!

这时已到了兵营,两人下马走了进去。只见军容肃整、纪律严明,将士们都在积极练兵,他们见杨将军来巡营,个个都摩拳擦掌,都说有信心打赢这场仗。

杨天行十分满意,鼓励了大家几句,就带着小岚离开了。

又到了后勤营。只见除了后勤兵之外,还有许多主动来帮忙的老百姓,大家热火朝天地工作着,把军队要用的食品、军马要吃的草料,一袋袋、一捆捆搬上马车。

"杨将军来了!"大家都开心地围了上来。

杨天行跳下马,朝大家拱手作揖,说:"谢谢各位大叔大伯!你们不但出钱出粮食,还来帮忙,真是太感谢了。"

有个白头发的伯伯说:"战士们在战场浴血作战,不怕牺牲,我们在后方出点小力,算得了什么!"

其他人也七嘴八舌地说着。

"是呀!你们连命都可以不要,我们出点钱出点力,是很应该的呀!"

"对啊!这些年要不是你们打退西乌多次入侵,我们哪有这好日子过?如果被阿弗弗占领了,恐怕我们就跟西乌百姓一样,惨兮兮的呢!"

"我们家里都很富裕,拿点东西出来,根本不是问题呢……"

小岚在一边看着,心想:这乌莎努尔三位首领,还真是治国有方呢!能让人民过上好日子,跟统治者同心同德,这很不容易啊!

这时,听到身后传来"嘚嘚"的马蹄声,身着戎装的小多在杨天行面前翻身下马,双手作揖行礼说:"少爷,首领请你速到议事府商量事情。"

杨天行说:"知道了,马上就去。"

小多又朝小岚行了个礼,说:"首领还吩咐,请小岚姑娘也一块儿去。"

杨天行说:"你先回去复命吧,我们马上过去!"

小多走后,杨天行吩咐了后勤官一些事情,就跟小岚一块直奔议事府而去。

议事府坐落在一条小河边,周围风景挺美的。杨天行带着小岚穿过重重守卫,走到议事府的议事室门口。

小岚看见议事室最里面有一个比地面略高的台,上面放着一张长会议桌,桌子后面坐了三人。靠右正是昨天已见过面的杨济民杨叔叔;坐在中间的人四十上下,长得较胖,脸圆额阔,看上去像是挺有智慧的那种人;靠左边坐

着的相对年轻些,三十上下年纪,他脸长长的,眼睛又大又亮,一副机灵的样子。

两旁还分别坐了十几个老老少少的男人,看样子是些文武官员。

杨天行在她耳边小声说:"中间是首领梅登,靠左的是首领查韦姆。"

小岚心里想,那梅登胖胖的模样,跟他的后代莱尔首相还真有点像呢!

杨天行走进了议事室,小岚随后。马上响起一片问候声,大家显然都知道杨天行受了伤,都关心他的伤势。

杨天行朝大家点头道谢,说:"谢谢各位关心,好多了。"

这时,大家发现了杨天行后面的小岚,眼光都"嗖"地落到她身上。

小岚的美貌跟气质实在令他们眼前一亮。

也难怪他们如此惊讶。在乌莎努尔,虽然美女并不鲜见,但是像小岚这样既美丽又大方,柔中带刚的,还真的没见过呢!

这小姑娘究竟是谁呀?这议事室是乌莎努尔最神圣最机密的地方,从来不允许高层官员以外的人进入的。

小岚也察觉到那些目光,但她没有露出一点忸怩和害羞,而是微笑着,很有礼貌地朝他们一一点头致意。

杨天行带着小岚走到首领们面前,两人分别朝三人行了礼。杨济民笑着对梅登和查韦姆说:"两位,这小姑娘就是我跟你们说过的小岚姑娘,就是她冒着生命危险救了天行,把天行送回来的。"

梅登和查韦姆微笑着朝小岚点头,梅登说:"真是太感谢小岚姑娘了,要不是你帮忙,除了天行性命难保,他打探到的军情也无法送回来呢!"

查韦姆也说:"是啊,要是损失了天行这员猛将,没了那些情报,这场仗可就没法打了。小岚姑娘,你真是东乌的大救星啊!"

小岚忙说:"几位过奖了。乌莎努尔是一个好地方,首领勤政爱民,人民勤劳善良,能为乌莎努尔出点力,我觉得十二万分的荣幸!"

这可是小岚的心里话呀!

三位首领喜笑颜开,频频点头。小岚说的是一些很中听的实话呢!

查韦姆用欣赏的眼光看着小岚:"小岚姑娘的相助,可能是冥冥之中,上天派来帮助东乌的呢!"

主动出击

三名首领,虽说是地位不分高低,但实际上又似以梅登为首,只见他朝小岚说:"难得小岚姑娘如此深明大义,我代表东乌人谢过小岚姑娘!"

接着,他又说:"天行,你和小岚姑娘坐吧,要开会了。"

杨天行带着小岚走到自己的座位上,那里已多放了一把给小岚的椅子。

小岚很兴奋,没想到自己竟然可以参加乌莎努尔历史上一场极有意义的军事会议。

梅登说:"根据天行探听到的消息,阿弗弗将于五日后出兵进攻我国。我们马上调配军队,严阵以待。一定要把东乌城守得固若金汤,连只蚊子都飞不进来。"

查韦姆说:"我觉得应该把刚制造出来的十门大炮拉出来,等东乌军队来到城外,就马上给他们迎头痛击,炸个片甲不留。这样岂不省事多了。"

杨济民反对:"不行,这样会死很多人的。"

三位首领你一言我一语,总是说不到一块儿。台下百官都乖乖地坐着,静候结果。也许他们早已经习惯了这种状况。

小岚听了有点着急。三位首领都说不到点子上,要主

动出击才是啊!但她又不好出声。

见首领们仍你一言我一语地争论着,她实在忍不住了,刚要站起来说话,旁边的杨天行却先她一步站了起来。

"三位首领,我能讲讲意见吗?"

其实首领们争论许久,都烦了,实在希望有个人来说说意见,无奈官员们已习惯了服从,根本没有人吭声。

杨天行一说话,三人都如抓到救命稻草,异口同声说:"请讲!"

杨天行说:"多年来,我们东乌老是处于被动的局面,老是充当挨打的角色。我想,该是主动出击的时候了。"

"主动出击?"

"主动出击?!"

不光是台上首领们交头接耳,连台下百官也坐不住了,议论纷纷。

杨天行继续说:"自从阿弗弗叛变,拉走最强的军队,占领西乌,之后始终贼心不死屡犯东乌。而我们因为武器装备和军力都不如他们,所以一直以来都习惯了兵来将挡,水来土掩,能守住就是胜利。但现在情况不同了,

我们的武器研制出来了,我们的军队培训出来了,我们还有很强的后盾,就是我们的人民大众。所以,我觉得,是反戈一击的时候了。"

台上台下又是一阵议论。

"行吗?我们的力量够强大吗?"

"阿弗弗当年发动叛乱,带走的是乌莎努尔最强最多的兵马啊!"

查韦姆显得很高兴,说:"天行,你觉得有把握?"

杨天行说:"有。根据我这次深入西乌了解到的情况,他们的军队人数,虽然仍比我们多,但是以我们军队高涨的士气,是可以以少胜多的。而且,我这次发现了他们几处守卫较薄弱的地方,我们可以针对这些薄弱地方发动进攻。"

梅登问:"这事嘛,是不是再从长计议,毕竟西乌兵强马壮……"

这时,有人站起来说:"不好意思,我能说话吗?"这人正是小岚。杨天行说出了她要说的话,这让她很兴奋。

三位首领似乎很尊重小岚,都说:"能,能,你说!"

拯救未来的公主

小岚说："我觉得杨将军说得很对，我支持他的意见。有关我们出兵的优势方面，除了杨将军所提到的东乌军队的崛起，还有就是西乌军队的没落。乍看上去西乌军队人数众多，但据我所知，士兵大多是被强抓去当兵的老百姓。这些老百姓有家归不得，家人又没能得到官府应有的照顾，他们个个人心涣散、无心作战。所以，一旦两军对垒，他们的战斗力绝对比不上东乌军队。"

台上台下又议论纷纷。

"杨将军和小岚姑娘的话都很有道理啊！"

"我们被欺负了十年，也该是奋起的时候了。"

三位首领又商量了一会儿，终于宣布："择日出兵，主攻西乌！"

"好啊！"台下百官热烈鼓掌。

杨天行与小岚交换了一下充满信心的眼神，然后不约而同伸出手击掌。

商量到具体出征日期时，三位首领又有不同意见。

查韦姆看上去属于急躁一类，他主张当天晚上就出兵，早打早结束；梅登属于稳打稳扎一类，说要准备得充分一点，三日后才出发；而杨济民就认为两日后出征为适宜，因为出征前的准备已差不多了，再有两日时间已经足

够……

下面众人又都静静听着,等待结果。

小岚瞪着眼睛好奇地看着他们三人,心想,历史传说这三位首领性格各异,意见常常不一致,看眼前情形,果然如此。

这时梅登一眼看见小岚,便说:"既然我们三人意见不同,就问问小岚吧,由她做决定。"

小岚也不推辞,说:"梅伯伯既然问我,我也不客气。今晚出征,可能仓促了些;三日后出征,怕路上万一有什么阻滞,未能在西乌兵马未动之前到达,所以我认为杨叔叔的建议较合适,两日后出征为好。"

梅登听了,点头说:"小姑娘说得有理,那我同意两日后出征。"

查韦姆也爽快地说:"那我收回原来意见,就两日后出征吧!"

下面众人皆大欢喜。以前遇到这种情形,争上半天不在话下,也根本没人敢替三位首领拿主意。现在好了,小岚出马,一下子就解决了问题。

接下来各项议程顺利进行,两个小时之后,已经制订出一份完美的作战方案。

第15章
晓星变猪猪

因为杨天行有伤在身,大家都不许他带兵出战,改由副将军威利领军。

杨天行没能跟着部队去打仗,心里总放心不下,送走出征部队之后,他又回到了后勤营,检查军需品的库存情况。前方军队打仗,这后方供应各种必需品,可不容有失啊!小岚也跟着他去了。

快到后勤营门口时碰到后勤官,天行便拉住他,站在一边了解军需品储存情况。

小岚好奇地四处张望。远远看去,后勤营大门口还是像之前那样热闹,除了许多成年人在帮忙搬运物品,今天

还多了几个男孩子,在人群中钻来钻去,欢天喜地的帮着搬些轻便的东西。

其中有个男孩的身影有点熟悉。他显得特别活跃,咋咋呼呼的,上蹿下跳,没一会儿消停。

啊,这男孩怎么有点像……

小岚急忙走近,她真有点不相信自己的眼睛。不会吧,他怎么也穿越时空,到这里来了!

这时,男孩一转身,跟小岚打了个照面。天哪,不是他还有谁?

她不由得惊喜地喊了起来:"晓星!"

谁知男孩却一脸迷惘,好像根本不认识她:"姐姐,你是谁?你刚才叫我吗?"

小岚吃了一惊,心想,糟了,难道晓星跟自己早前一样,失忆了?

小岚把晓星拉到一边,说:"晓星,你真的不认得我了?我是小岚呀,是你的小岚姐姐!"

晓星马上兴奋起来:"小岚姐姐?你真的认识我吗?"

小岚说:"当然认识。你叫晓星!"

"太好了太好了,原来我叫晓星。"晓星高兴得跳

起来。

但是，他马上又警惕地看着小岚，说："你别是骗我的吧？对，你一定是看我长得精灵可爱，想哄我当你弟弟！"

"你……"小岚气得直瞪眼。这小子，自我感觉这么好！

"那算了吧，刚才的话就当我没说过。好人当贼办！"小岚鼻子哼了哼，转身就要走。

"别别别！"晓星慌了，他一把拉住小岚，"人家只是想小心点嘛。那你能不能说一个能让我相信你的依据。"

小岚眼睛也不看他，没好气地说："那个不害臊自称精灵可爱的人，右手臂弯里有颗红色的痣。"

晓星急忙挽起右边衣袖，一看，果然，在臂弯处真有一颗红色的痣呢！

"我信了，我信了！姐姐，姐姐，我找到我姐姐了！"晓星一把搂住小岚，又跳又叫的，激动极了。

小岚明白一个人举目无亲的感觉，心里挺可怜他的，一肚子气也消了。她问道："告诉姐姐，你这些日子是怎么熬过来的。"

晓星嘟着嘴诉苦："小岚姐姐，你不知道我有多惨！好多天前，我发现自己在一处荒郊野岭昏倒了，醒来时什么都记不起来了，不知道自己是谁，也不知道自己是从哪里来的，看看四周，也不知道自己在什么地方……"

小岚不由想起自己早前被强迫当乞丐的遭遇，不禁心痛地摸着晓星的脑袋，问道："后来呢？"

晓星说："我当时好害怕啊，都想哭了。正在这时，有个叔叔带着一个运粮车队路过，把我带回家了。那叔叔真好，把我当自己孩子一样照顾……"

小岚这才放了心。晓星这小子，比自己幸运多了。

这时候，杨天行和后勤官一边谈话一边向这里走来，晓星拉着小岚跑过去，对后勤官嚷嚷着："叔叔，叔叔，我找到我姐姐了！我找到我姐姐了！"

原来帮助晓星的人竟是后勤官。

杨天行看了看晓星，对小岚说："咦，这男孩是你弟弟？怎么回事？"

见到晓星认她做姐姐，小岚便决定顺水推舟承认了，免得他"打破砂锅问到底"追问身世时难以回答。因为一定不可以告诉他真相的，要是让他知道了自己是从未来来的人，还不知会惹出什么大麻烦呢！

当下小岚胡编说:"他两年前在西乌走失了,一直没有消息,没想到在这里碰到他。"

她又对后勤官说:"谢谢叔叔救了我弟弟。"

"原来小岚姑娘就是猪猪的姐姐呀!"后勤官笑着说。

"猪猪?"小岚很想笑。心想这名字挺配晓星的,他那馋嘴样挺像猪呢!

后勤官说:"你弟弟连自己叫什么名字都不记得。所以我给他暂时起了个名字叫猪猪。这里的人都很喜欢给孩子起名猪猪的。"

小岚忍住笑:"哦,起得好,起得好!"

后勤官又说:"猪猪找到自己的姐姐,那真是太好了!我一直很想帮他找到亲人,可惜他一点都记不起家在哪里。"

杨天行对小岚说:"既然这样,那就别再麻烦后勤官了,让你弟弟也住到我家吧,你们姐弟俩好互相照应。"

晓星很开心:"太好了,太好了,我有姐姐了,我可以跟姐姐一起住了!"

他又拉着后勤官的手,说:"不过,叔叔,我很舍不得你呀!"

后勤官说:"不要紧,你可以常回来看我的。"

晓星开开心心地坐上杨天行的大红马,和小岚一块回杨府了。只一路上功夫,他就和杨天行混熟了,就像多年的老朋友一样。

"哥哥,原来你是个将军,你好棒啊!"他夸张地把大拇指伸到杨天行鼻子底下,又说,"哥哥,我想听你讲打仗的故事。"

杨天行也很喜欢这个机灵的小家伙,笑着说:"好啊,有空一定给你讲。"

回到杨府,晓星走进小岚房间,就马上爬到小岚的床上躺下:"好舒服啊!"

娅娃一看急了:"我的小祖宗,看你脏得那个样,一身都是灰尘!快下来,快下来!"

晓星赖着不下床。娅娃一点不客气,一把抓住他的胳膊,把他拉下床。又推推搡搡地把他推往另一个房间:"这才是你的房间!我马上给你准备洗澡水,你好好洗干净!"

晓星嘟着嘴往自己房间去了。一会儿,穿了杨天行给他的衣服走出来。

"姐姐你看,我帅不帅?"他得意地向小岚展示他的

新衣服。

小岚说:"帅帅帅!帅极了!"

晓星得意洋洋的,又说:"姐姐,这里几点钟吃饭?我饿了!"

小岚心想:这小子虽然失忆了,但那爱靓、贪吃的本性一点没丢呢!

这时娅娃走进来,说:"小岚姑娘,少爷叫你们去吃饭。"把晓星乐得合不拢嘴。

晚上,小岚想早点睡,但晓星死赖在她房间不肯走,问了很多问题:

"小岚姐姐,我们的爹和妈呢?"

"小岚姐姐,我们还有别的兄弟姐妹吗?"

"小岚姐姐……"

把小岚烦得想死掉算了,便没好气地告诉他:"爹和妈都是大侠,在一个荒岛上闭关练气功;你还有一个姐姐,小时候顽皮掉进鲸鱼嘴,现在还待在鲸鱼肚子里,要等鲸鱼打喷嚏才能喷出来……"

"啊,真的?!"晓星把眼睛睁得大大的。

"问完了吧,问完赶快回你房间,我可要睡了。"

晓星磨磨蹭蹭的不想走,他突然记得口袋里有样东西，马上拿出来："姐姐，我送你一样礼物，你别赶我走。"

小岚说："去去去，我不要，不……"

话没说完，她就吞回肚子里了。她眼睛睁得大大的看着晓星手里的东西，真是"踏破铁鞋无觅处"，原来自己一直想找回来的东西，竟在晓星手里。

那东西是时空器。

第16章
小岚的妙计

部队出发有两天了,相信已全部到达西乌城下,部署进攻了。

这天早上,杨天行等候前线快马来报,心里忐忑不安,在家坐不住,便邀小岚一起去靶场射箭。晓星当然也跟去了。

杨天行对着百步之外的靶子,拉弓搭箭,射了十箭,箭箭射中红心。其中有三箭,还是射在同一个位置呢!

小岚暗想,杨天行是万卡祖先的可能性越来越大了,因为未来的一箭定江山,就需要这样好的箭法才能取胜。

晓星在旁边很卖力地捧场,一会儿拼命鼓掌,一会儿

摇着一根小木棍,一边摇一边叫:"天行哥哥,加油!天行哥哥,加油!天行哥哥,加油!"

杨天行对小岚说:"你也来试试!"

自从杨天行见过小岚的马上英姿,不知怎的就认定了她一定晓得百般武艺。其实小岚真的会射箭,那是万卡教她的。

当下小岚笑笑,拿起一把小点的弓,搭上箭,一使劲,拉弓,射!

箭"嗖"一声飞出去,刚好射中红心边缘的黑线上。

晓星"咻"地吹了一下口哨,说:"小岚姐姐,你跟天行哥哥差远了!你得好好向天行哥哥学习。"

小岚没理他,取了一枝箭,瞄准又再一箭。

"嗖!"正中红心!

杨天行不禁喊了一声:"好!"

晓星见了不甘落后,上来抢小岚手里的弓:"我也要射,我也要射!"

小岚不给:"去去去,我还没射完十箭呢!"

晓星正在抢时,小多策马而来,边跑边喊:"杨将军,有前线快马回来汇报军情,首领们请您和小岚姑娘马上去议事府。"

小岚的妙计

杨天行一听,马上扔下手里的弓,跃身上马。他对小岚说:"小岚,我们走!"

又对小多说:"你帮我送晓星回我家。"

晓星很不高兴:"为什么姐姐可以跟你去议事,我就不可以?我也要去!"

杨天行说:"听话!"

说完,挥鞭策马而去。小岚上马,紧随后面。

到了议事府,三位首领和众官员也陆续到来。梅登示意大家安静,然后打开一封信,说:"军队到了西乌城下,遇到了麻烦。阿弗弗十分狡猾,原先天行打探到的几个薄弱入口,竟已被堵塞,而从城门正面攻打,又因城墙坚固、军队众多而无法攻入。副将威利不想军队有太大伤亡,只好暂时在城外扎营。"

梅登放下信,说:"现时敌我双方出现胶着状态,这种情况如果持续下去,将对我方不利。大家都来出出主意,看如何解决目前僵局。"

照例又是三位首领在讨论,下面众人在等候结果。

查韦姆抢着说:"依我看,我们的大炮该发挥作用了。马上把大炮运到西乌城下,用炮轰,炸烂城墙,我们的军队就可以冲进去……"

拯救未来的公主

杨济民反对:"不行!用炮轰会伤及无辜,会炸伤西乌城内的老百姓。"

梅登慢吞吞地说:"我们按兵不动,慢慢想办法。"

三人争持不下,下面的官员又不敢吭声。这时,梅登又用眼睛去找小岚:"嘿,小岚,你说说,谁的主意好点!"

小岚说:"要我说真话吗?"

三位首领一齐说:"那当然!"

"那我就实话实说了。"小岚说,"我觉得谁的主意都不好。强攻会伤及老百姓,按兵不动什么都不做又怕西乌乘虚而入。"

三位首领听了,都很高兴,大概这样他们就不会显出高下了吧!

小岚又说:"我有一个想法。"

三位首领异口同声道:"快说来听听。"

议事室里鸦雀无声,大家都眼巴巴地看着小岚,希望她能说出一个让三位首领都能接受的主意。

小岚说:"堡垒最容易从内部攻破。想办法让守城门士兵主动放下武器,让东乌部队入城。"

杨济民说:"和平入城,兵不血刃,这当然是最好的

解决办法。但是,怎样才能做到呢?"

小岚说:"阿弗弗是个自私的国王,自己过着花天酒地的生活而不管国民生活困苦。特别是一些士兵的孩子,他们由于家中没有大人照顾,只能流落街头乞讨,生活十分悲惨。西乌士兵都是被迫入伍的,他们并不想打仗。他们也很想念家人。如果我们想办法令他们知道自己的家人过着怎样困苦的日子,他们一定无心作战。这时候我们再晓以大义,令他们觉得只有靠东乌军队帮助,推翻阿弗弗政权,两国统一,才能让他们与家人团聚,才能过上好日子。我相信,他们一定会放下武器,大开城门让东乌军队入城。"

小岚一番话,让在场所有人折服了。她话音未落,早已响起一片掌声。

"好!"

"好计谋!"

"小岚真厉害!"

杨天行没有作声,只是用惊讶的眼神看着面前这个美丽可爱的小女孩。这是一个什么样的女孩啊,美丽、善良、勇敢、机智,所有人类美好的品格,仿佛都集中在她一个人身上。

拯救未来的公主

三个首领兴奋地点头称是,梅登大声说:"好好好,我们就按小岚说的去做,马上派人到西乌城,发动士兵家人,对他们亲人进行宣传说服工作。但是,派谁去好呢?这个人,要熟悉西乌城内情况的,要跟西乌士兵家人有友好往来的,要不容易引起西乌狼虎队注意的……"

小岚说:"其实,我心目中已有人选。"

查韦姆忙问:"是谁,你快说。"

小岚说:"就是我。"

"你!"三位首领异口同声喊了起来。

小岚说:"没错,就是我。你们只要派我潜回西乌,给我几天时间,我有办法让西乌士兵的孩子帮忙,说服西乌士兵大开城门,放东乌军队进城。"

杨济民首先反对:"不行不行,怎可以让你一个女孩儿去冒这个险。"

梅登说:"小岚,我们都知道你是个又勇敢又聪明的孩子。但潜入西乌做军队的劝降工作,是一件极危险的事,也是一件十分困难的事,你不怕吗?你有把握能成功吗?"

小岚说:"我不怕!也有信心成功!"

小岚刚要说出她那句名言"天下事难不倒马小岚",

但又忍住了。在这些前辈面前，得谦虚一点。

查韦姆看样子挺欣赏小岚这么有勇气，他问道："小岚，我想问问，你打算用什么方法进入西乌城？"

小岚说："我记得一个小伙伴说过，有一个狭窄的山洞，贯穿城里城外。我虽然没见过那山洞，但凭着他们的提示，有信心能够找到。"

梅登说："你一个女孩子去不行，或者我们派几个人跟你一块去。"

小岚摇摇头说："不行，一来听说那山洞很狭窄，身形稍大都不能通过；二来，有外地男人进城很容易引起狼虎队注意，但对我这样的女孩子，他们应该不大留意。"

三位首领还在犹豫，他们实在不放心让一个女孩子去做这么一件又危险又重大的事情。

杨天行在小岚耳边问："小岚，这事真的很危险呢！你要三思啊？"

小岚用她那双亮晶晶的眼睛看着杨天行，说："你相信我好了。"

杨天行见识过小岚的过人机智，他相信她能做到。

他站起来，对三位首领说："我可以说说意见吗？"

三位首领正在犹豫，便异口同声地说："快讲！"

杨天行说:"小岚之前在西乌,一次又一次救我出险境,她的足智多谋,她的临危不乱,给我留下了很深的印象。所以,我相信她一定也能胜任眼前这个艰巨任务的。而且,的确如小岚说,得派一个既熟悉西乌情况又不容易引起敌人注意的人,而这个人,小岚是最合适的。"

三位首领频频点头,三人商量了一下,梅登对小岚说:"小岚,我们也相信你能完成任务。那这任务就交给你吧!"

小岚站起身,说:"谢谢你们对我的信任,我一定会完成任务!"

杨天行又请求说:"我请求陪小岚去西乌,把她送到西乌城下。"

梅登说:"天行,你的伤还要休养呢!"

杨天行说:"我已经好多了。上阵打仗可能不行,但护送小岚我还是可以的。她一个小姑娘走山路,我怕她有危险。"

杨济民说:"就让他去吧!我看他这几天憋在家里,都快憋坏了。不过,得带上小多,这孩子机灵,让他照顾你。"

第17章
寻找迷魂谷

山路上走着三匹马,驮着四个人,那是小岚和杨天行,还有同坐一匹马的晓星和小多。

晓星听到小岚要去西乌执行任务,死缠着要跟去。小岚没法也只好同意了。晓星不会骑马,便跟小多同一匹马,坐在小多的背后。

四个人早上从东乌出发,预计第二天半夜便可以到达西乌,到时可以趁着夜色朦胧,避过西乌守城士兵的监视,潜入城里。

没想到半路上出了状况——天上下起大雨来了。

山路变得湿沥沥的,马蹄老是打滑,为了怕发生

意外,遇上又陡又滑的地方时,四个人都会下马,徒步而行。

前面又是一段窄窄的山路,一边是万丈深渊,一边是山壁,小多拍拍两匹马的屁股,让它们先行,然后自己紧跟着探路,一边走一边提醒后面的人要小心的地方。

突然,意外发生了,小多一脚踩在泥土松脱的地方,脚一滑,整个人往崖下滑去。

万分危急之际,小岚手疾眼快,一手抓住小多的一只手,而另一只手就同时抓住了崖边一棵树。

小多暂时停止了下滑,但他身边没有任何可以抓住的东西,以致整个人吊在空中。而小岚一个女孩子,怎有力气坚持呢?正在危急之时,杨天行及时伸手提住小多的另一只手,再一使劲,把他拉了上来。

这一切,发生在一瞬间,要不是小岚那一抓,小多已经掉了下去,摔得粉身碎骨。

真是好险好险!

小多谢过小岚和杨天行,一行人又再上路,有了刚才那次险遇,大家走得更小心了。

这样直到天蒙蒙亮时,四个人才翻过山,来到了西乌城外。

东乌军队正驻扎在那里,副将威利听到杨天行到了,急忙出迎。

威利让卫兵带小多及晓星去另一个营帐休息,又把杨天行和小岚带进主帅营。杨天行简单讲了下一步的安排,威利听了不禁拍手称好,又对小岚钦佩地说:"小岚姑娘有智有勇,相信一定能完成任务,让城门不攻自破。不管是东乌还是西乌将士,都是我们的同胞兄弟啊,兄弟相残,实在是我们大家都不愿意见到的!"

小岚笑笑,又问:"请问威利将军知不知道,城外是否有一处叫迷魂谷的地方?"

威利拿出军事地形图,仔细看了一会儿,指着一处地方说:"看,这就是迷魂谷!"

杨天行看了看地形图,说:"离这里不远,走半个时辰就到了。趁现在天还没亮,我们快去那里找山洞入口。"

威利说:"你们小心一点。自从开战以后,四面城门城楼上都设了瞭望哨,一发现有人接近城门,他们就会马上放箭。不过幸好现在有雾,正好给你们作掩护。"

一行四人在军营吃过早饭,便告别威利将军,朝迷魂谷方向走去。晨雾蒙蒙,几乎离开三四步就看不见前面的

人，幸好杨天行和小多都是军人，平日有这方面的训练，才不至于在迷雾中走岔路。

为怕跌跤，杨天行拉着小岚的手，而小多就牵着晓星。晓星没见过这样大的雾，觉得很好玩，一边走一边蹦跳着，还用手去抓那些白茫茫的雾，但跌了几跤之后，便老老实实走路了。

大雾掩盖了他们的行踪，但也给他们找寻路径带来了困难，用了大半个时辰，才在一块大石碑上找到了迷魂谷三个字。

接下来要找的就是朵娃说的山洞了。迷魂谷石碑上正对着是一座陡峭的山，相信山洞就在山那边。大雾迷茫，难以看清状况，三个人只好顺着山体，一寸一寸地摸着。

幸好后来雾散了一点，东西也渐渐看得清晰了，突然，小岚低声地道："找到了，山洞在这里！"

其他三个人马上跑了过来。果然，一个狭窄的洞口出现在眼前。还可以看到洞口墙壁处，有一只用石头刻出来的老虎。那正是草儿的手迹呢！

小岚兴奋地说："就是这里！就是这里！"

小岚回身对杨天行说："事不宜迟，我们要进去了。你和小多马上回兵营吧，要不等会儿雾全散了，你们很容

易被发现的。"

杨天行交给小岚一只鸽子,说:"这鸽子腿上有一个小竹管,你想跟我联络时,只需把信放进小竹管里,放飞鸽子,它就能把信送到我手上。"

小岚接过信鸽,信心满满地说:"天行哥哥,谢谢你。你就等着我的好消息吧!"

她又对小多说:"小多,记得我教你唱的那首民谣吗?你回去就教兵营的士兵唱。过几天,当你看到有很多蓝色的风筝飞上天空时,你就让东乌所有士兵都一齐唱这首歌,唱得越大声越好,要让守城的西乌士兵都能听见。"

小多说:"记住了,我回去就教士兵们唱。"

小岚朝杨天行和小多挥挥手,说:"天行哥哥,小多,我们胜利后见!"

杨天行和小多也朝小岚和晓星挥手:"小岚再见!晓星再见!"

小岚拉着晓星,走向山洞。听到背后杨天行喊了一声:"小岚!"

小岚一转身,微笑地看着他,杨天行眼里有着许多的不放心:"小岚,一切小心!"

"嗯!"小岚留下了一个美丽的微笑,一闪身,走进了那个窄窄的山洞。

山洞果然如朵娃所说,很窄很窄,小岚和晓星都算身形瘦削的人,但都只能仅仅通过,遇到有些特别窄的地方,还得使点劲,才能过去呢!

小岚在前面探路,晓星在后面跟着。他一直不停地说话。

"小岚姐姐,刚才地方好窄,幸亏在军营里我只吃了十个包子,要是吃了十一个,说不定就过不了啦!"

"小岚姐姐,走慢点,我的小脚趾被石头咬了一下,好痛好痛……"

"小岚姐姐,我们会不会走不出去?堵在中间,不能进又不能退,变夹心饼!"

"小岚姐姐,这里面有蛇吗?我怕蛇的!"

小岚快被晓星的唠叨弄疯了,不由得大喊一声:"闭上你的贵嘴好不好?烦死了!"

晓星不敢再说话了,但又不服地嘀嘀咕咕:"哼,真不知道你这个姐姐是不是冒认的,对我这么凶!"

小岚因为晓星的话分了神,被一块石头绊了一下,差点跌倒,不由得气狠狠地嚷道:"是啊是啊,我是冒认

的，我根本不是你的姐姐，你一个亲人也没有，你是从石头缝里蹦出来的！"

没想到，这下把晓星惹哭了："呜呜呜，爹爹呀，妈妈呀，姐姐呀，小岚姐姐欺负我……"

小岚又恼又急，正在这时，前方出现一缕光线，她马上喊了一声："别出声，快到洞口了！"

晓星一听马上捂住嘴巴，潜入西乌的危险他可是知道的，他可不想给人抓住。

两人小心地走着，尽量不发出声音，光线越来越强，他们已接近洞口了。小岚回头向晓星打了个手势，示意他先等等，她自己就细心倾听外面的动静。

外面似乎很安静，除了小鸟啾啾声，就没有其他声音了。小岚探出身子往外张望，只见外面渺无人迹。

小岚放心地走了出去，又小声叫："晓星，可以出来了。"

晓星急忙跑出洞口，他舒服地吸了几口新鲜空气，说："啊，活在太阳底下太幸福了！"

小岚观察了一下四周情况，见到有一条下山的小路，便对晓星说："我们走吧，先去找朵娃。"

"嗯。"晓星又问，"朵娃是谁呀？"

小岚说:"我的好朋友。她有一个弟弟和一个妹妹,跟你差不多大呢!"

晓星听了很高兴,"太好了,我想跟他们做朋友。"

很快下了山,走一段路便是集市。集市还是冷冷清清的,只有一两间店铺开门,卖些不常用的杂物。卖日用品或食品的铺子,全都关着门,想是所有货物都一早卖光了。小岚辨了一下方向,便拉着晓星往乞丐村走去。

突然看见前面有一队士兵迎面走来。

是狼虎队!

小岚事前已跟晓星讲了在西乌应注意的事项,其中包括介绍国王的御用军队狼虎队的凶恶和残忍,万一碰上时应小心应对。所以她马上对晓星说:"有狼虎队,小心!"

晓星本来还唧唧喳喳地说着话,一听小岚的话马上住了嘴。

小岚明显感觉到,她握着的晓星的手瞬间变得冰冷。不禁转头看看他,天哪,只见他脸色苍白,嘴唇颤抖,一副极端恐惧的样子。

小岚暗想不好,这孩子在和平环境长大,何曾见过这等凶神恶煞之人。远远见到已是如此惊恐,万一被狼虎队

截住盘问，难保他说错话露出破绽。两人陷入危险不用说，任务也无法完成。

她急中生智，便用手在晓星脸上乱抹了几下。刚才穿越狭窄的山洞时，双手沾了很多泥，这下把晓星脸上抹了个大花脸，加上他们出来时故意换上的破烂衣服，晓星十足一个小乞丐。

小岚又对晓星说："等会儿如果狼虎队盘问，你就装哑巴，别出声。"

"嗯。"

狼虎队越走越近，小岚牵着晓星，低着头急急地走着，心里说："别惹我，别惹我……"

谁想还是躲不过，只听一声大喊："站住！"

小岚心里叫了声"倒霉"，就停住了脚步。晓星的手在她的手心里直抖。

小岚一转身，望向那队士兵，其中一个领头的用手指着他们这方向，凶神恶煞地说："你们给我滚过来！"

小岚正要迈步，却听到后面有人应道："是，长官！"

小岚扭头一看，他们左后方有两个年轻男人，正朝狼虎队走去。

原来,狼虎队喊停的不是她和晓星,而是在他们后面的两个男人。

小岚不敢停留,拉着晓星急急忙忙地走了。

身后,传来一阵打骂声:"打死你们这两个混蛋!打死你们这两个混蛋!国王三令五申,要全部青壮年男人都入伍当兵,你们为什么不去!"

那两个人在叫痛:"啊,长官饶命!"

其中一人在争辩:"我家上有老下有小,没有我照顾,他们会死的!长官,你就行行好,放过我吧!"

"不行!你们现在只有两条路可走,一是马上跟我们回去,入伍当兵;二是顽抗到底,那就别怪我不留情,现在就把你们一刀刺死!"

小岚恨得牙痒痒的,真恨不得转身跑回去,把那帮为虎作伥的狗奴才一顿痛打,救出那两个百姓。但一来势单力薄,二来有任务在身,不能轻举妄动,所以只能咬咬牙,急急离开了。

听着那两个男人哭喊的声音越来越远,想是被狼虎队抓走了。

看看晓星,泥巴也掩不住他脸上的惨白。他扭头看看后面,又看看小岚,说:"姐姐,这些人真可怕!西乌的

百姓肯定每天都提心吊胆过日子，他们真是好惨啊！"

小岚说："是啊！所以我们一定要好好完成任务。只要东乌大军顺利进城，捉住阿弗弗国王，消灭国王的'狼虎队'，西乌百姓才有好日子过。"

晓星捏捏拳头，说："好，我一定要勇敢，帮助姐姐完成任务！"

"晓星真厉害，晓星真勇敢，晓星一定能完成任务！"小岚为了给晓星打气，便一连给他戴了几顶高帽。

这下子还真有效，晓星拍拍胸脯，说："姐姐，我是男子汉嘛！我不勇敢，怎么保护姐姐，怎么帮助姐姐完成任务！"

小岚想起他刚才吓得脸青唇白的样子，不禁暗笑。

第18章
重返乞丐村

时间还早，乞丐村只有少数人在走动。还有一些人在门口洗漱。小岚有意戴上一顶破帽子，避开人们的视线，带着晓星悄悄来到朵娃家。

门外的厨房飘出炊烟，小岚想，一定是朵娃在弄早餐。她悄悄走到门口，往里一看，果然，朵娃蹲在炉灶前，正用嘴使劲去吹旺炉子里的火。

小岚喊了一声："朵娃！"

朵娃愣了愣，一回头，见是小岚，乐得马上跳了起来，把小岚一把搂住。

"小岚，你回来了。太好了，太好了！"她竟呜呜哭

了起来。

小岚给她擦着眼泪,笑着说:"傻丫头,我不是好好的吗?哭什么!"

朵娃这才破涕为笑:"你不知道我多担心你和杨大哥!"

小岚说:"杨大哥挺好的,伤势差不多全好了。他叫我向你问好呢!"

朵娃高兴地说:"太好了!小岚,我们快进屋,草儿和花娃天天念叨着你呢!"

她这时才看见了站在小岚身后的晓星,便问:"咦,这小孩是谁呀?"

小岚说:"这是我弟弟。晓星,快叫朵娃姐姐。"

晓星也乖巧地喊:"朵娃姐姐好!"

"哎!晓星好!"朵娃高兴地说,"小岚,你找到你家人了?真是恭喜你呀!"

三个人说着话进了屋。草儿和花娃刚睡醒,见到小岚,都高兴地扑了过来,哇哇大叫:"小岚姐姐,小岚姐姐,你回来了!我们都很想你呢!"

小岚说:"姐姐也想你们呀!"

草儿和花娃发现了晓星,都用好奇的眼光望着他。

晓星主动跑了过去，拉着他们的手，说："我知道你叫草儿，她叫花娃。"

花娃说："嘻嘻，你怎么知道？"

晓星挤挤眼睛说："我会猜！"

草儿说："啊，真的？你好厉害！那你叫什么名字？"

晓星眨眨眼睛说："我是英俊潇洒、高大威猛、玉树临风、聪明伶俐、天下无敌、无所不知无所不晓、能知过去未来的——晓星！"

草儿和花娃被他糊弄住了，眼睛睁得大大的，异口同声地说："哇，你好厉害啊！哥哥，你快讲些过去和未来的有趣事情给我们听听。"

朵娃说："嘿嘿，两只懒猫先别缠着晓星。快去洗脸刷牙，吃了早饭再让晓星哥哥讲故事。"

"好啊！"两个孩子高兴地争着跑出去洗脸。

小岚帮朵娃把早饭端进屋里，那是一点番薯和一些绿色东西掺在一起煮的粥。

小岚问："吃的还有多少？"

朵娃叹了口气："不多了。这番薯还是你上次从胖老板那里扒下来的。这些日子一直省着吃，才吃到现在，不过也就剩下几个了。"

拯救未来的公主

"富儿他们家情况怎样?"

"唉,很糟。反正整条村的情况都很糟。因为打仗的缘故,有点钱的人只能自保,因为谁也不知道这场仗要打多久。没有人再敢施舍东西给我们,这里家家户户只能各自想办法,找些能填肚子的东西,保住性命。"

小岚听了,心里很难过。她更加觉得,这次的任务一定要完成,这样才能拯救西乌广大贫苦百姓。

这时草儿花娃已洗好脸跑进来,坐到桌子前。朵娃说:"晓星,小岚,咱们一块吃。"

小岚看着桌上五碗只有一半满的粥,就说:"我早上吃过了,不饿,你们吃吧!"

她把自己那碗粥倒了一些到草儿碗里,又倒了一些到花娃碗里。

晓星是个馋猫,一见到有东西吃便毫不客气地端起碗,呼噜噜喝了一口。

"呸呸呸,这绿绿的是什么东西?怎么又苦又涩?"他赶紧吐了出来。

朵娃说:"是榆树叶。"

晓星很吃惊:"啊,树叶?!"

小岚拿过晓星的碗,看了看,诧异地说:"怎么要吃

树叶？"

朵娃说："这阵子，连野菜也被摘光了。大家只好摘榆树叶子煮了吃，虽然味道不好，但好歹能填肚子。"

晓星不可思议地看着朵娃，他大概才知道，原来这世界是有人惨得要吃树叶的。

朵娃又说："村里才那么几棵榆树，叶子摘光以后，可连填肚子的东西也没有了。那我们就没有活路了。"说着说着，就流下泪来。

小岚用手搂住朵娃的肩膀说："朵娃，别难过，大米饭会有的，好日子会有的，老天爷不会让好人走投无路的，相信我！"

朵娃看着小岚坚定的眼神，点了点头。

吃过饭，小岚帮着朵娃拿碗去洗，听到三个孩子在屋里聊得很热闹。其中的主讲当然是晓星了。

"……你们知道我爹我妈是干什么的吗？他们是大侠！他们现在闭关练功，练一些很厉害的功夫，要练很多年呢，所以我都忘了他们样子了。练成以后，嘿嘿，天下无敌，可以打遍全世界。我除了小岚姐姐之外，还有一个姐姐，她在鲸鱼肚子里住。鲸鱼肚子里冬暖夏凉，她说很舒服，不想出来呢……"

小岚听了,又好气又好笑。趁着他们聊得高兴,小岚拉着朵娃,坐厨房的草堆上说话。

"我跟杨大哥走了之后,狼虎队没有为难你们吧?我一直都担心着呢!"

朵娃说:"没事,他们不知道杨大哥在我们家里藏过。"

小岚问:"阿荷没向狼虎队告发?"

朵娃说:"没有。她还算有点良心。不过也可能是因为宝娃把我们留在她家里过夜,阿荷生怕自己也会沾上个窝藏罪吧!"

小岚说:"要是你们有什么事,我肯定不会放过她的。对了,这段日子东乌围城,大家都没事吧?"

朵娃说:"除了吃的越来越少,别的没什么。开始大家还以为东乌军队一定会用大炮炸城,然后大举攻城的,所以都害怕极了。因为大炮一炸,城里百姓也都会遭殃,死伤免不了。真没想到,东乌军队没用大炮轰炸,看样子他们是不想伤害无辜。"

小岚说:"朵娃真聪明。事情正是这样。"

小岚把许多事情一五一十地跟朵娃说了,包括天行哥哥的身份,东乌首领和平进入西乌的决定,也包括自己和晓星这次回来的任务。

朵娃眼睛睁得大大的，神情越来越兴奋。等到小岚说完，她早已激动得满脸通红，她抓住小岚的手，说："太好了！我们有救了！记得以前爹爹就很反对战争，常说，东乌西乌本是一家，东、西人本来是同胞兄弟，没理由要骨肉相残，没理由国家要分成两半。没想到，东乌人也都这样想，没把我们当敌人，而是当兄弟姐妹。这下太好了，西乌人有救了。"

"这事情，首先还得你们自己自救。"小岚拍拍朵娃肩膀，"怎样才能让守门士兵放下武器，让东乌军队进城，这是目前最要紧的事情。而这事情嘛，得靠你，还有乞丐村的小朋友来帮忙呢！"

"啊！"朵娃又惊又喜，"真的，我们可以帮忙？小岚，有什么需要的你只管吩咐，我们一定全力以赴。"

小岚说："好的，等会儿，你把富儿和桂娃，还有你信得过的、办事机灵的小孩叫来这里，我们一起商议怎么做。"

"好。"朵娃想了想，又问，"小岚，那叫不叫宝娃。自从上次告密事件之后，我对她改变看法了，她妈坏，她并不坏，她心地挺好呢！"

小岚说："当然可以叫上宝娃！我知道她跟她妈妈不一样。"

第19章
孩子的战争

朵娃出去了一会儿,叫来了两个男孩两个女孩。他们是之前小岚见过的富儿、桂娃,还有宝娃。另外一个叫海儿,他父亲跟富儿父亲一样,也被抓去当兵了。

上次小岚在乞丐村里派番薯,帮了不少"家无隔夜粮"的村民。她离开后,大家都很想念她。所以几个孩子一见到她回来了,就好像看到主心骨一样,都很兴奋。

朵娃的小屋子连晓星和草儿花娃,一共坐了九个人,显得挺挤,但又挺热闹的。

开会了,小岚很严肃地说:"在座的都是信得过的人。今天,我们聚在一起,要商量一些很重要的,关系到

乌莎努尔命运的大事。"

大家一听，都坐直了身子，很紧张，也很兴奋。

小岚把两国现在的形势还有自己这次回来的任务一一说了。大家听了，都七嘴八舌议论起来。

富儿说："太好了，这下我们有好日子过了。"

宝娃说："听说东乌人都能吃饱穿暖，好了，我们回归东乌，再也不用挨饿了！"

桂娃说："小岚，两国统一，我妈妈就能回到西乌跟我们团聚吗？我当兵的爹爹就能回家吗？"

小岚说："能，一定能！"

海儿很激动："我爹如果也能回家就太好了。"

小岚说："放心吧，你们的愿望一定能实现，你们的爹爹一定能回家的。"

因为兴奋，孩子们的脸都红红的，眼睛都亮亮的，小岚的话点燃了他们心中的希望。

富儿说："小岚，你告诉我们该怎样做，我们要为国家统一、为爹爹回家而努力。"

小岚说："我们打一场'孩子的战争'！"

"啊！"宝娃说，"是我们小孩子都上战场打仗吗？我可不会舞刀弄枪啊！"

小岚笑着说:"放心,这场战争,不用枪不用炮,只用两个字,'亲情'!"

"亲情?"

小岚点点头。

"西乌征战连年,几乎所有家庭都有人当过兵或现在当兵。而每当一个家庭有人被征入伍,就意味着生离死别,意味着家散人亡。所以,我们第一步是进行反战宣传。"

"反战宣传?什么是反战宣传?"孩子们都被这新颖的词语吸引了。

小岚说:"发动士兵的孩子,让他们写信给自己父母,呼唤他们回家,动摇士兵军心;第二步,我们教会城中所有孩子唱《东西乌,一家亲》这首歌,歌的曲子来自乌莎努尔一首古老的、东西乌人都熟悉的民谣,词是我重新写的。我们要让孩子们在大街小巷传唱这首歌;第三步,就是设法和守城士兵取得联络,策动他们起来造国王的反,打开城门放东乌军队入城。"

大家一听都兴奋极了。

"啊,这办法太好了!"

"小岚,你真了不起!"

"'孩子战争'一定赢!"

富儿说:"那我和妹妹,还有海儿就负责发动朋友们给爹爹写信。我跟他们同病相怜,他们会听我的。"

朵娃说:"我和弟弟妹妹、宝娃负责教小朋友唱歌!"

桂娃说:"不过,小朋友写好的信,怎么交到他们爹爹手里呢?"

小岚说:"桂娃问得好!办法我想到了,我们可以做许多只大风筝,利用风筝把信送到城门上空。信落下时,就会落到士兵手里……"

"我会做风筝,我负责做!"晓星没等小岚说完,大声嚷了起来。

因为初来乍到,他对西乌情况一点不熟悉,所以小岚刚才说的三项任务他一点也帮不上忙。一听小岚说要做风筝,便抢着要负责。他在乌莎努尔时曾经跟万卡学过做风筝呢!虽然失了忆,但如何做风筝他却仍然记得。

小岚说:"好,那我们就分头行事。第一队是信函队,由富儿做队长,队员有桂娃、海儿;第二队是民谣队,由朵娃做队长,队员有宝娃、草儿、花娃;第三队是风筝制作队,队长是晓星。"

晓星有点不满意:"啊,每个队长都有队员帮忙,就我是光棍司令。"

小岚说:"小气鬼!有我呢。我还会找人来帮你忙,保证你这一队是最多人的。"

晓星说:"嘻嘻,这还差不多!"

小岚说:"那好吧,说完分工,要说时间了。所有工作,都要在三天内完成。大后天这个时候,我们就必须集齐信件,教会全城小朋友唱歌,做好风筝,第四天,就要启动'孩子战争'。大家有没有信心?"

"有!"

小岚说:"其实还有一个很重要的问题没解决。就是我们要设法了解守城士兵的情况,并跟他们沟通。"

朵娃说:"这很难啊!城门附近一带都是禁区,平常都不许人走近。别说是沟通,连跟士兵说句话都不行呢!"

海儿想了想,说:"我有个办法可以试试。爹爹在家时养了只鸽子,我们都叫它'灰灰'。灰灰很聪明,有一次,我妈病了,爹又刚好出去干活,我们一时找不到他。后来,我写了纸条绑在灰灰脚上,叫它去找爹爹,没想到,还真找到爹爹,把他带回家。"

小岚一听很高兴:"那太好了,我们可以写一封信,让灰灰送到你爹手上。再让你爹把士兵的情况写成信,让灰灰送回来。"

海儿说:"但是,因为家里没吃的,灰灰也跟着我们挨饿。它现在很瘦,飞一小段路就不行了,不知道它能不能飞到城门找爹爹。"

小岚说:"不管怎样我们都要试试。这两天,多喂点吃的给它。"

朵娃说:"我家还有几个番薯,等会你拿两个回去给灰灰吃。"

小岚一挥手:"大家记住,一切必须秘密进行,绝对不能让狼虎队知道。要不,我们不但完成不了任务,还可能被狼虎队抓进监狱。"

"明白!"

"好,我们分头行事。"

富儿拉着桂娃海儿,兴冲冲地走了。其余的人准备跟小岚学唱歌。

宝娃突然想起一件事,问:"小岚,你说,发动'孩子战争'的事,能不能让我妈妈知道?"

小岚还没开腔,朵娃就抢着说:"这还用问,当然不

能了!万一她去告密,那我们就完蛋了。"

朵娃话音刚落,门口响起一个声音:"我真有那么坏吗?"

屋子里的人都吓了一跳,朝门口看去,天哪,那不是阿荷吗?!

大家都呆住了。

宝娃跑到阿荷面前,说:"妈,你来这里干什么?你来多久了?"

阿荷说:"来找你。来了多久?很久!反正,听到了你们要在三天内要完成的事情。'孩子战争',对不对?"

朵娃一听大怒:"你!你好恶毒,竟然偷听我们开会。"接着,又大喝一声:"快,把她包围住,绑起来,直到我们取得胜利以后才放她出来。"

宝娃说:"妈,你真的故意来偷听的吗?妈,你令我好失望!"

阿荷突然大哭大叫起来:"天哪,我好惨啊,连我自己的女儿都不相信我。"

小岚这时开腔了:"阿荷,这你就要好好反省一下自己了,为什么连自己女儿都不相信你。"

阿荷一屁股坐到床上,哭着说:"小岚,你以为我从来就是坏人吗?我也曾经是个好人。只是我穷怕了,我爹爹是饿死的,我妈妈是饿死的,后来,丈夫也饿死了。从丈夫死的那一天开始,我就对自己讲,我只剩下宝娃一个亲人了,我不能再失去她。即使用怎样卑鄙下流无耻的方法,也要活命。我开始变得贪婪,变得不择手段,只要有吃有钱,什么都可以干。自己做了多少坏事,连自己都不记得了……"

"妈……"宝娃哭着抱住阿荷,"妈,你别说了,别说了!"

小岚听着阿荷的哭诉,心里对她的怒气早消了一半:"阿荷,西乌城有很多人都像你一样过着苦日子,但是,他们有像你这样坑人吗?没有。穷也可以穷得有志气的,穷也不能去损人利己,相信宝娃也不喜欢你这样做。"

阿荷嘀咕着说:"我知道,那死丫头从来就瞧不起我。"

宝娃说:"妈,小岚说得对,我们不能光为了自己活,就不顾别人死呀!"

阿荷说:"我也知道不对,其实我这些年心里何曾安乐过,每骗一次人,心里都不好过。好吧,小岚、宝娃,

我就听你们的,以后,不管怎样穷,都不再骗人坑人。"

朵娃一脸不相信:"哼,我相信才怪呢!"

阿荷说:"不信,你可以看我行动啊!我听到你们的计划了,其实我哪会去告密,支持还来不及呢!苦了那么多年,谁不想有好日子过。阿弗弗国王统治一日,我们就受苦一日,我都想他赶快下台。所以,我支持'孩子战争',我可会唱歌呢,我就跟宝娃一块儿,教小朋友唱歌。"

朵娃撇撇嘴说:"不不不,我可不想给自己惹麻烦。"

小岚说:"朵娃,我们就信阿荷一次,让她帮忙吧!"

朵娃翻着白眼,一副不情不愿的样子,只是碍着小岚情面,才不再反对。

第20章
《东西鸟,一家亲》

各小队的队长都十分称职,当天晚上已见成效:富儿抱着一大堆信来了,他们去了六七个村子,那里的孩子们一听到可以写信给日思夜想的父亲,都开心得不得了,马上找来纸笔,又是写又是画,写完就交给富儿他们。数数有五十多封呢!

朵娃就唧唧喳喳地告诉小岚,民谣队分头行动,她和草儿花娃这一组,去了六个地方教小朋友唱歌,那些小朋友学得很快,现在已经在到处传唱了。朵娃说,阿荷跟宝娃那组也不错,去了五个村子教唱歌……

晓星的风筝制作已经做了很多前期工作,包括削竹子

啦,裁纸啦。这全靠小岚在村子里找来了四五个小孩子,晓星咋咋呼呼地指挥着,忙得不亦乐乎!

到了第三天……

午饭后,孩子们陆陆续续到了。大家都很开心,富儿数着堆在墙角的信,足有两百多封呢!

晓星把做好的四只蓝色大风筝挂了起来,背着手围着风筝转圈,一边转一边啧啧地赞美着。

朵娃和弟弟妹妹,还有宝娃,四个人站在大门口,在全神贯注地听着什么。啊,原来随风飘来远远近近的歌声:"东乌和西乌,本是一家人;同饮一江水,同唱一首歌;穿一样的衣服,说一样的话儿……"啊,全城的孩子都在唱着《东西乌,一家亲》这首歌呢!

海儿还带来了鸽子灰灰,孩子们都很喜欢它,围着逗它玩。灰灰虽然长得又瘦又小,但是十分可爱。灰色的毛很柔软,两只滴溜溜转动着的黑眼睛显得十分机灵。

小岚说:"开会喽!开会喽!"

她兴奋地说:"大家都圆满地完成了任务!看来,我们的工作可以提前一天开始了,我们现在就去放风筝,把信送出去。"

"太好了!太好了!"孩子们高兴得小脸通红,大家

《东西乌,一家亲》

七手八脚帮着把信放进四个纸袋子里,又把袋子挂在风筝上。晓星这回可是动了脑筋,用了很巧妙的方法,那纸袋子只要在空中被风吹上一会儿,就会破开,信就会一封封掉出来。

小岚将孩子们分成四个组,分别去四个城门放风筝。她自己就带着海儿去了南门。

跑上了城门附近一座小山岗上,小岚和海儿很快把风筝放起来了。风筝借着风力扶摇直上,飞到了城门上空。

海儿从怀里掏出灰灰,往天上一放。灰灰扑棱棱地扇着双翅,飞上了天空。灰灰身上有一封海儿写给父亲的密信。信里,海儿转达了小岚的意思:东乌军队决不伤害无辜,一定善待放下武器的士兵。希望海儿爹协助发动守城士兵,打开城门迎接东乌军队。

小岚和海儿抬头仰望,只见四处城门上空都有一只蓝色风筝在半空中飘呀飘的,接着,看见一封封信件,就像白色的小蝴蝶,从风筝里飞出来了。

"成功了!成功了!"小岚和海儿高兴得拍起手来。

这时,听到城里城外都响起了歌声——

"东乌和西乌,都是一家人……"是城外东乌士兵在唱!

《东西乌，一家亲》

"同饮一江水，同唱一首歌……"是城里西乌的孩子们在唱。

歌声混成一体，分外动听。

"穿一样的衣服，说一样的话儿……"歌声越来越响亮，越来越多人加入。小岚惊喜地发现，越来越多的声音来自四面城门，来自大街小巷。啊，西乌的士兵唱起来了，西乌的民众也唱起来了！

原来，几天来孩子们不断在传唱《东西乌，一家亲》，那熟悉的曲子，那说到他们心坎里的歌词，已经被许多人记住了。所以此时听到城外的东乌的士兵在唱，听到孩子们在唱，西乌的大人们也情不自禁地唱了起来。

"东乌和西乌，本是一家人；同饮一江水，同唱一首歌……"歌声在西乌上空回响着。

小岚激动地倾听着，心想，这哪里是歌声，这是一股汇聚而成的力量，这股力量，将会成为东西乌统一的强大推动力！

这天晚上，小岚一晚上都睡不着。该做的都做了，就等海儿爹的回音了。希望鸽子灰灰不负众望，把信送到海儿爹的手里。也希望海儿爹能完成任务，成功发动士兵开城迎接东乌军队。

直到东方微露晨曦,小岚才迷迷糊糊地睡着。

"砰砰砰!砰砰砰!"敲门声把小岚吵醒了,把晓星吵醒了,把朵娃和草儿花娃也吵醒了。朵娃起来开门,一看门口站着海儿,海儿手里捧着鸽子灰灰。海儿兴奋地说:"灰灰回来了!灰灰回来了!"

小岚很高兴:"有回信吗?"

海儿说:"有!"

海儿把灰灰放在桌子上,从它腿上的小竹管取出一张折得很细小的纸,打开递给小岚。

小岚匆匆看了一遍,不禁喜上眉梢。

朵娃性急地问:"怎么啦?海儿爹怎么说的,快说来听听!"

小岚说:"海儿爹的信里说,士兵们本来就无心作战,早前听了孩子们唱的歌谣,更是不想再自己人打自己人;后来收到儿女们来信,更是希望早日结束战争,回家和亲人团聚。他们听海儿爹说东乌军队之所以没有再进一步攻城,更没有用大炮轰炸,是因为不想伤害他们,都很感动。昨天晚上,他们等守城长官睡下后,暗地里集会串联,决定等明天三更时分,开南城门迎接东乌军队。"

"噢,我们成功了,我们成功了!"孩子们又叫

又跳。

突然,听到海儿喊了一声:"灰灰,灰灰!你怎么啦?"

大家停止欢呼,一齐朝灰灰看过去。

只见灰灰身子软软地瘫在桌子上,小小的脑袋无力地低垂着,眼睛也闭上了。

"灰灰,灰灰!"大家一齐喊道。

可是,灰灰再也没有睁开它那乌溜溜的黑眼睛。瘦弱的灰灰,勇敢的灰灰,拼尽全力完成了它的任务之后,死了。

"灰灰!"孩子们都哭了。

小岚擦干眼泪,写了一封信给杨天行,告诉他明天三更时分,西乌南城门士兵开城迎接东乌军队的消息。

第21章
香喷喷的大米饭

半夜里,南城门守城士兵如约打开城门,让东乌大军长驱直入。其他三门的守军,见到东乌军已入了城,也都纷纷放下武器,不作抵抗。东乌军如入无人之境,直捣阿弗弗住的大乐宫。

阿弗弗的御用军队"狼虎队"见到东乌军队气势如虹,只好纷纷弃械投降。阿弗弗起初还负隅顽抗,见大势已去,便悄悄乔装打扮,从大乐宫后门逃走了。但最后还是被抓回来,抓他的人,正是杨天行。

经过几天的调养,杨天行的身体已渐渐恢复,所以接任了东乌大军的总指挥一职。他充分发挥了领导者的才

香喷喷的大米饭

干。由于指挥得当,五万大军在凌晨六点,便占领了西乌,结束了战斗。

接着,杨天行又命令各将领,开展各项接管及善后工作,包括收编西乌军队、给渴望回家的士兵发放遣散费;安抚受惊百姓、开仓发放粮食给穷人……忙得马不停蹄。

杨天行所做的一切,令小岚十分佩服,她便带着一群孩子,帮忙发放粮食。看着那些饿成皮包骨头的穷苦百姓,个个捧着白米热泪盈眶的激动样子,小岚既心酸,又快乐。

不知不觉忙到晚上,发放救济粮的工作暂告一段落,小岚才发现肚子饿得咕咕叫,她一天都没东西下肚了。

"小岚姐姐!小岚姐姐!"远远有人喊。

见到晓星一脸兴奋地朝她挥手:"姐姐,朵娃叫你回家吃饭!我们有饭吃了,有饭吃了!朵娃用分到的大米煮了一大锅饭,香喷喷的饭!"

小岚心里暗暗嗟叹:这小子,自小养尊处优,在乌莎努尔皇宫更是吃尽美食佳肴,现在终于尝到饥饿滋味了。看,连吃顿白米饭都这样开心!

也许,这段经历将令他记住一辈子,让他明白人间疾苦,让他珍惜拥有的东西。

乞丐村里家家的烟囱都冒出了炊烟,传出了饭香,听到了欢声笑语。这是从来没有过的景象啊!小岚心里被快乐装得满满的,西乌的穷苦大众终于得救了!

朵娃在厨房里张罗着,草儿和花娃一人拿着一个碗,在屋里叮叮当当地敲着,兴奋得小脸儿通红。一见小岚进来,便扑过来搂住小岚,喊道:"小岚姐姐,有大米饭吃了,有大米饭吃了!我们不是在做梦吧!"

小岚又心酸又开心,说:"草儿,花娃,不是做梦,你们以后会天天吃到大米饭的!"

草儿和花娃欢呼着:"天天有大米饭吃,好啊,真好啊!"

这时,朵娃端着一锅饭出来了,香喷喷的,引起又一阵欢呼声。朵娃先给晓星和草儿花娃每人盛了满满一碗饭,他们也顾不得谦让,接过就狼吞虎咽起来了。小岚看着他们的馋样子直乐。大家吃着一顿没有菜的饭,却吃得非常开心快乐。

突然门口有人敲门,朵娃放下碗,跑去打开门,她不由得高兴地喊了起来:"杨大哥!"

站在门外的正是杨天行,他身后还跟着两名卫兵。

屋里的人都欢呼起来。尤其是晓星和草儿花娃三个小

孩子，连饭也顾不上吃了，跑过来搂住杨天行。因为大家都知道，他们之所以能这么快吃上白米饭，是杨天行一进城就马上指挥开仓放粮。

杨天行呵呵地笑着，他看着桌上的米饭，说："能不能让我吃一碗啊，我一整天都没有吃过东西呢！"

屋子里的人一齐喊道："当然可以！"

朵娃马上去厨房拿了三个碗，盛得满满的，端给杨天行和两名卫兵。

杨天行说："那我不客气了。大家也吃，一块儿吃！"

在一片欢乐的气氛中，大家边聊天，边吃着香喷喷的米饭。刚吃完一碗，听到外面一片吵嚷声，朵娃忙开门看看怎么回事。门外黑压压一大群人，几乎全村的老百姓都往她们家来了。

富儿爷爷拄着拐杖，颤巍巍的也来了，他对朵娃说："我们要见杨将军和小岚姑娘。"

这时，屋里的人也出来了。小岚跑过去扶住富儿爷爷，说："爷爷，您病还没好，怎么出来了！"

爷爷扔掉拐杖，一手拉着小岚，一手拉着杨天行，流着泪说："杨将军，小岚姑娘，我虽然一直在家没出门，

但我孙子把什么都告诉我了。谢谢你们两位救了西乌百姓,救了乞丐村的穷人!"

几百名村民,不分男女老少,一齐喊道:"谢谢杨将军,谢谢小岚姑娘!"

小岚只觉得心中涌起一股热浪,她的眼睛也湿润了。

杨天行说:"乡亲们,大家好!大家不必谢我们,要谢的话,要谢你们的孩子。要不是他们协助小岚姑娘做了很多工作,我们的队伍也不可能顺利攻占西乌。其实我今天来这里,就是想谢谢你们,谢谢你们的孩子!"

"万岁!孩子万岁!孩子战争万岁!"

晓星喊了起来,朵娃和草儿花娃也喊了起来,人群中的孩子们都喊了起来。一片沸腾。

杨天行又说:"乡亲们,不幸的日子已经过去,你们准备迎接一个美好的未来吧!"

"万岁!万岁!杨将军万岁!乌莎努尔万岁!"人们欢呼着。小岚看着杨天行,心里又涌起一股热浪,她相信天行哥哥的话一定会实现。

突然,人群中有人"哇"一声哭了起来。大家都吓了一跳,这么开心的时刻,什么人在这里大煞风景呀!

原来是阿荷!

她拨开人群，走到杨天行面前，扑通一声跪了下去："杨将军，阿荷有眼不识泰山，阿荷贪心想拿赏钱，差点让你被狼虎队抓住，阿荷罪该万死……"

小岚扶起阿荷，说："阿荷，你知道错就好。"又对杨天行说："上次你受伤躲在这里，就是这阿荷告密让狼虎队来抓你的。不过，阿荷真是知错了。上次我们商量发起'孩子战争'，在朵娃家商量时，被阿荷听到了，但她并没有去告密，而是加入我们的队伍，也出了不少力。她也是穷苦人，你能原谅她吗？"

杨天行说："既然这样，那我就原谅你吧！以后要好好改过，做个好人。"

阿荷高兴得叩了一个头，连说："谢谢杨将军，谢谢杨将军！"

天行哥哥的大量，又一次感动了小岚。

人们散去后，杨天行对小岚说："我还想去感谢一个人，我们一块儿去好吗？"

小岚想，白天时，自己已经跟着天行哥哥去谢过富儿爹和南城门的士兵了，还没当面致谢的只剩下一个人了。小岚知道他说的是谁，便高兴地说："当然好，我也想去感谢她呢！"他们要感谢的是芳娃。

杨天行和小岚骑着马去到集市，两名卫兵在后面跟着。远远见到芳娃家门口，咦，胖老板正推着一辆大板车回来呢！车上放着两筐东西。芳娃从屋里出来，见到胖老板满头大汗，忙递上一条手帕让他擦汗："爹，怎么不叫伙计帮忙呀？"

胖老板说："我才不让他们知道仓库所在地呢！都怪你，把大白马送人了，要不用马车搬运就轻松多了。"

芳娃说："我们家那么多钱，再买一匹不就行了。"

胖老板说："哪里还有钱！我把所有钱都买了粮食，准备以后卖高价。谁知道那么倒霉，阿弗弗的军队那么不堪一击，仗这么快就打完了，那东乌的将军又马上开仓放粮，现在谁也不来买我的东西了。天哪，我好惨呀！这些番薯又不能放久，都烂一半了，唉，我要破产了！"

芳娃说："爹，我早就说过叫您不要贪那些昧心钱嘛，有道是'贪字得个贫'。"

胖老板生气地说："爹都快成穷光蛋了，你不安慰，还来教训爹。"

芳娃说："爹，穷也没什么可怕。以后不用打仗了，我家的铺子还会像以前一样生意兴隆的。爹，要是资金不够，你辞掉伙计，我来帮你好了。"

香喷喷的大米饭

正在这时,胖老板发现了杨天行他们一行人,马上目瞪口呆。杨天行在指挥开仓放粮时,胖老板见到过,也听旁边的人说过他的身份,没想到这大名鼎鼎的显赫人物朝自己家来了。胖老板还没回过神来,这边杨天行已跳下马,朝芳娃走去。他朝芳娃深深鞠了个躬:"芳娃姑娘,别来无恙?天行今天特地来向你道谢的。"

芳娃愣了一会儿,才发现眼前气宇轩昂的大将军,是不久前自己救过的那个杨大哥。

杨天行又说:"当日幸得芳娃姑娘仗义相救,还以白马相赠,天行才得以脱险回到东乌。姑娘的恩德,天行没齿难忘。"

芳娃还了个礼,笑着说:"将军不用客气,我只是做了应该做的事情而已。"

这时小岚也下了马,拉住芳娃的手,亲切地说话。胖老板在一旁听着,才明白自己家那匹大白马,原来是送给了这位大将军。

他心中暗喜,这回可好了,女儿救了一位大将军,今后自己家有靠山了。他忙堆上一脸笑容,过来向杨天行行礼:"杨将军,小人有礼了。"

杨天行早听小岚讲过胖老板的为人,便淡淡地说:

"老板有礼。"

胖老板又说:"杨将军到来,令寒舍蓬荜生辉,请到里面坐。"

杨天行说:"谢谢!本将有军务在身,不能久留。日后有时间再来拜访。"

他牵过小岚刚才骑来的大白马,对芳娃说:"芳娃姑娘,当日你借我的大白马,现在还在东乌养着,日后我会找时间给你送回来的。这匹白马你们先用着,我们后会有期。"

芳娃正要推辞,杨天行已一纵身上马,又把小岚拉了上去,坐在他后面。两人跟芳娃挥手告别,策马离去。

第22章
他就是霍雷尔

小岚站在爱玛山上,风呼呼地在耳边掠过,小岚在风中伫立着,思绪万千。

跟着杨天行忙忙碌碌了很多天,总算可以歇一歇了。除了杨济民留守东乌,梅登和查韦姆已赶来安排各项接管事务。小岚趁机偷闲跑上爱玛山,想想自己的事情。

登高眺远,乌莎努尔河山尽收眼底。破碎的山河终于统一,历史扭回了正确的轨道。接下来要做的事,就是让"一箭定江山"回到原来的结局,让霍雷尔成为一国之王。

但是,到底谁是万卡哥哥的祖先霍雷尔呢?直到现

在,这个人还没有出现。

如果霍雷尔一直不出现,如果被改变了的历史无法改回,那怎么办?没有了霍雷尔,就没有了后来国王掉包的故事,也就没有了寻找他乡的皇室后代的故事,没有了自己跟万卡哥哥的邂逅。

直到现在,她才发觉,自己是多么的喜欢万卡哥哥,离不开万卡哥哥。

霍雷尔,你到底在哪里?

天行哥哥是个好人,一个有能力有才干的好人。如果他是万卡哥哥的祖先,他是霍雷尔就好了,他一定会把乌莎努尔管治得很好很好。可惜,直到现在也没有任何迹象证明他是。

身后后突然有人说话:"怪不得找不到人,原来一个人到这里来欣赏风景了。"

小岚回头,见杨天行笑眯眯地看着她。"天行哥哥,你整天忙来忙去的,小心伤口啊!"

杨天行说:"我的伤已没什么了,谢谢你的关心。"

小岚突然想起什么,问道:"这几天忙得晕头转向,都忘了一个人了。小多呢,怎么没看见他?"

"小多?"杨天行脸上的笑容不见了,变得黯然

神伤。

小岚一看着急了:"小多怎么啦?他受伤了吗?他在哪里?"

杨天行低声说:"你跟我来。"

小岚心内疑惑,便跟着杨天行下山,到了山脚处,在一片百花盛开、绿草如茵的地方,杨天行停了下来。他指着草地上一个新坟,说:"小多就在那里。"

"啊!"小岚大喊一声,跑了过去。

怎么回事?怎么回事?可爱的小多,真不敢相信,你还这么年轻,生命的花朵还没有尽情绽放,怎么就离开了这个世界了呢?小岚的眼泪模糊了双眼。

杨天行沉重的声音在她耳边响着:"小多是为了保护我而死的。那天攻入皇宫,我跟小多冲在前面,可恨的阿弗弗朝我放了一箭。小多发现了,便用自己的胸膛替我挡了那一箭,他自己却……"

小岚眼前涌现出小多憨厚善良的面容,她的心都碎成七八瓣了。

杨天行说:"小多是个孤儿,他的老家就在西乌,所以我把他葬在这里……怕你难过,所以暂时没有告诉你。小多是个快乐的孩子,他一定不想我们为他伤心难过。"

小岚想，对，对小多最好的怀念不是眼泪，而是尽快让西乌从阿弗弗管治的创伤中恢复过来。她擦干了眼泪，朝小多的墓鞠了个躬。小多，你是为保护主帅而牺牲的，你的死重于泰山。小多，你安息吧！

临离开时，她再深深地看了看这个小多长眠的地方，再深深地看了一眼那块墓碑。

这最后一眼，让小岚有如遭雷击，她倒退两步，跌坐在地上。那墓碑上的名字令她魂飞魄散，那上面分明写着——霍雷尔·小多。

原来小多就是霍雷尔！

从现代社会来到这里，为的是拨正被改写的历史，为的是寻找万卡的祖先霍雷尔，令他成为乌莎努尔第一任国王。没想到，众里寻他，他原来就在自己眼皮底下。怪不得没有了万卡这个人，原来历史在这里出了问题，他的祖先在没有成为首领前，就被箭射死了。自己的到来令事情逆转，救了他，但他最后还是为了救杨天行而去世了。

自己没能完成任务，霍雷尔死了，永远不会再有万卡哥哥这个人了。小岚不禁痛哭起来。

杨天行以为小岚还在为小多难过，急忙把她拉走了，免得她对着小多的墓越来越伤心。

回到大乐宫门口,刚巧碰上梅登的卫士,说是梅登和查韦姆两位首领有请。

梅登和查韦姆早已在议事厅等着。四人坐下,查韦姆说:"为了安定西乌民众的心,我们决定在西乌百姓中选出贤能者,参与乌莎努尔的统一领导队伍。告示贴出去不久,我们就收到一份百姓送来的万人书。"

杨天行问:"什么万人书?"

梅登说:"就是百姓送来的荐贤信,上面有万人签名。"

杨天行又问:"荐贤信?他们推荐谁了?"

查韦姆笑着说:"是你!"

"啊!"杨天行吃了一惊。

梅登说:"这是西乌百姓对你的信任,把你当自己人了。这是好事啊!"

查韦姆说:"是啊!东西乌虽然本来是一家人,但毕竟分裂了十年,许多西乌人都对东乌采取怀疑和观望,甚至不信任的态度。所以,由他们信任的人来统治,会让他们放心。"

小岚心想:天行哥哥是个好人、能人,他绝对是做首领的人才。自己应该支持他。但是,这样乌莎努尔的历史就彻底被改变了,一箭定江山的三位首领就变成了四位首

领。历史将会变成什么样子呢?小岚心乱得就像一团乱糟糟的毛线,好纠结啊!

杨天行有点不知所措:"这……其实我很愿意更好地为乌莎努尔人服务,只是,我父亲已是首领……"

梅登说:"你们两父子怎么都想一块儿去了。济民兄也是这样说。而且他已经想出一个两全其美的解决办法了。"

查韦姆说:"是呀,济民兄趁机要求卸任,让你坐他的位子,自己做回老本行,行医济世去。我和梅兄都同意他的提议,天行,你就不要再推辞了。由现在起,你就跟我们平起平坐,成为乌莎努尔的首领吧。"

杨天行说:"既然父亲及两位首领的意思,那天行就不再推辞了。"

梅登说:"不过还有一件事跟你商量。希望天行改用乌莎努尔人的姓氏,这样会更令西乌人把你当作自己人。这件事已跟你父亲谈过,他说没意见,尊重你自己的意愿。"

杨天行说:"如果放在以前,我或许会不愿意。但是,现在我这条命是乌莎努尔人霍雷尔·小多用他的生命换回来的,我以能冠以乌莎努尔的姓氏为光荣。以后,我

就用小多的姓,叫霍雷尔·杨天行吧。"

查韦姆哈哈大笑,说:"好一个霍雷尔·杨天行!好了好了,以后我们乌莎努尔的三个首领就是——梅登、查韦姆、霍雷尔!"

小岚在一旁静静地听着。听到杨天行改名时,还没意识到发生了什么事,直到查韦姆把那三个名字连在一起念了出来,她才大吃一惊。

她嘴里喃喃地重复着查韦姆的话:"乌莎努尔三个首领——梅登、查韦姆、霍雷尔!"

"啊!"她惊呼了起来。她心里喊着,"三个首领——梅登、查韦姆、霍雷尔!天哪,这就是历史,这就是历史的本来面目啊!"

杨天行果然就是霍雷尔,万卡的祖先霍雷尔!

小岚激动得热泪盈眶。查韦姆瞅着小岚笑:"天行,你成了乌莎努尔的首领,看小岚高兴得那样子。"

小岚说:"是呀,我太高兴了,太高兴了!"

一块大石头终于放了下来。等"一箭定江山"之约完成后,她就可以拨乱反正了。

第23章
一箭定江山

东西乌统一以后,乌莎努尔的皇宫搬入了大乐宫,而随着杨天行成为首领,乌莎努尔呈现了一派新气象。

工业、农业并举,商业也十分兴旺,老人有养老保障金,病者有医药津贴,小孩有免费教育,人民开始安居乐业。乌莎努尔也正式命名为乌莎努尔公国。

但是,令人头痛的是,梅登和查韦姆两位首领还是很不合拍,每当议起事来都争得面红耳赤,有时为一点小事就争上大半天,谁也不让谁。有一天,查韦姆实在不耐烦了,大喊道:"我受够了!我提议,我们三人来个了断,选出一个人当国王,不要老是这样争论不休了。如果我当

了国王，你们就听我的，如果我输了，我就惟你们马首是瞻。怎样？"

梅登说："我赞成！我也不想老跟你争论不休。没劲！那怎么了断？"

查韦姆说："我们都是武夫出身，就比武吧！谁赢了谁做国王。射箭、拳击、刀剑。"

梅登说："你比我年轻，拼体力的你会占便宜。那就射箭吧！"

查韦姆说："射箭就射箭，我才不怕你呢！"

两人这时才记起了旁边的杨天行，还没征求他意见呢！"天行，你意见怎样？"

杨天行没想到他们会这样做，真不知如何作答："这个……这个……"

查韦姆一拍他肩膀，说："哦，你是说没意见。好了，天行也同意了，明天早上，我们就集合在西校场，来个'一箭定江山'。"

梅登和查韦姆走了，他们急着回家练箭去了。

小岚看了刚才一幕，心里未免有点激动，乌莎努尔历史上最重大的事件终于要发生了，明天，就是关键性的一天了。杨天行能否像历史上那样夺得胜利，顺利成

为国王呢?

为保险起见,她对杨天行说:"我陪你去练箭,好不好?"

没想到杨天行漫不经心地说:"顺其自然吧!我刚刚当首领,经验还浅,由梅登和查韦姆当国王,可能比我更适合呢!"

唉,真是皇帝不急太监急!不过,小岚也不会太担心,她见识过杨天行了不起的箭术,只要他发挥正常水平就行。

第二天,梅登最早到达西校场。杨天行带着小岚晓星到达时,见到他在石桌上摆开一小壶酒,两碟点心,正在自斟自饮。身旁站着个小书僮,替他赶蚊子。

查韦姆差不多到比赛时候才到,他身后跟着几个看热闹的朋友,嘻嘻哈哈的,全然不像将要举行一场决定江山谁属的比赛。

负责场地的副将威利反而最紧张,跑前跑后地指挥着几名小兵,扫扫场地,移移箭靶……

比赛是用淘汰制,要求每支箭都要射中红心,谁射不中,就算输。

等到担任裁判的五名大臣坐定之后,"当!"威利敲

了一下铜锣,喊道:"比赛开始!"

梅登先上场,他对着一百步远的靶子,镇定非常,射了十箭,箭箭中红心。接着是查韦姆,他一副漫不经心、懒洋洋的样子,让人对他没一点期望,但他居然也是十箭全中红心。

轮到杨天行了。他一副军人气度,蹬蹬蹬跑上场,用标准的姿势,一箭一箭地射出。不但每一箭都射中红心,其中一枝,还把之前插在红心里的一支箭射飞了。

在场的人看得眼花缭乱,一场下来,大家把手掌都拍痛了。晓星还忘乎所以地喊着:"天行哥哥,加油!天行哥哥,加油!"

一连五场,三人箭法继续发挥正常,场场都十箭十中,直到第六场,查韦姆在射第五箭射偏了,"啊!"随着人们的尖叫声,那支箭偏离了红心。

大家都呆了,全场寂静。毕竟这不是一场普通的比赛,那是关系到乌莎努尔的江山千秋万代属于谁啊!查韦姆输了,这意味着他要对着另外两人的其中一位俯首称臣了。

大家都为他惋惜,但查韦姆倒十分豁达,他哈哈大笑着,把弓箭一扔,对梅登说:"好了,以后不用跟你这老

顽固争了，就由你说了算，没问题！"

梅登得意地笑着。谁料查韦姆又补了一句："不过，有道是'英雄出少年'，或者说了算的不是你呢！哈哈哈！"

梅登顿时脸黑。

威利宣布中场休息。大家可以喝喝水，吃点东西。

杨天行坐在树荫下，喝着小岚递给他的水。他眉心微皱，似在想什么。

小岚问："天行哥哥，别是又开始打退堂鼓吧？"

杨天行似被小岚看穿，红着脸说："怎么说梅登也是德高望重的前辈，如果他输给我，他会很难堪的。"

小岚生气地说："你千万别这样想。比赛是公平竞争。一旦走上赛场，你就要全力以赴，如果你有其他想法，我会鄙视你的！"

站在旁边玩耍的晓星听到了他们的对话，心想，这天行哥哥也太谦让了，难怪小岚姐姐生气。要是天行哥哥等会儿比赛时真的留一手，让那梅登伯伯胜出，那就糟了。自己好想天行哥哥当国王啊！

不行，得想办法帮帮他。

晓星悄悄地溜到小石桌附近，他知道梅登会在那里休息。去到时，见到梅登刚好上茅厕去了，那小书僮守着那壶酒和点心，头一点一点地打瞌睡。晓星想起了口袋里的几颗小果果，那是草儿给他的。草儿一直很恨阿荷上次告密，总想捉弄她一次，就从树上摘了一些小果果，要找机会放进阿荷的饭菜里。这些小果果吃进肚子里，会拉肚子的呢！晓星听他说得有趣，也跟他要了几颗。

见书童还在瞌睡，晓星偷偷拿起一块点心，把小果果塞了进去。正在这时，有人一把抓住他的手，把点心夺了过去。晓星吓坏了，抬头一看，原来是小岚。小岚瞪着眼睛问："小坏蛋，你放了什么进去？"

晓星小声说："小果果，吃了会拉肚子的。"

小岚吃了一惊，她马上想到了《梅登遗训》里写的，那令到梅登家族怀恨了四百年的赛场作弊疑云。如今终于真相大白了，原来是晓星这小子惹的祸！

小岚把点心扔了："笨蛋，你这样做不但不能帮天行哥哥，还会陷他于不义！"说完，一把将他拉离小石桌。

第二轮比赛开始了。梅登越战越勇，仍然十发十中，而杨天行也在小岚担心的注视下，维持箭箭中红心的佳绩。小岚知道杨天行想通了，把负担放下了。

到了第四场，梅登似乎太过自信，有时也不认真瞄

准就把箭射出去，结果，射第六箭时，射偏了，十箭中只中了九箭。

杨天行上场，这时，全场所有的目光都注视着他。只要他仍保持之前成绩，乌莎努尔的王位就非他莫属了。

杨天行开始射箭了，一箭、两箭、三箭……九箭，箭箭中红心。全场鸦雀无声，所有人都明白，以杨天行稳健的箭术，最后一箭将百分之一百命中红心。

到了第十箭，杨天行开弓搭箭，却又犹豫着没有发出去。大家都惊讶地看着他，他究竟在想什么？

只见杨天行用难以察觉的眼睛余光偷偷瞄了小岚一眼。

小岚用坚定的眼神回答他。好像在说："全力以赴，做到最好！"

杨天行知道自己该怎样做了，他定了定神，赶走杂念，发箭，"嗖"，正中红心。

"噢，万岁，国王万岁！"校场上一片欢腾。

杨天行转身看着小岚，一句话没有说。他用眼神告诉小岚，我做到了，是因为你而做到的。

小岚读懂了他的话，她也用眼神告诉杨天行，谢谢你做到了。谢谢你为我找回了万卡哥哥。

第24章
回家

接下来的日子里,乌莎努尔举国欢腾,欢庆他们第一代国王霍雷尔·杨天行登基。

这阵子杨天行忙坏了,新王上任,很多事情得处理,所以都基本上住在大乐宫,小岚只有在开会时才能见到他,匆匆讲上几句。

小岚惦挂着她现代的朋友,她决定回去了。这天,她告诉晓星,爸爸妈妈在家乡完成闭关修炼了,姐姐也被大鲸鱼打喷嚏打出来了,叫他们回家团聚呢!

晓星高兴得不得了,又是跳又是叫的:"回家喽,见爸爸妈妈喽,见姐姐喽!"

晚饭时,小岚带着晓星去了乞丐村。噢,不对,现在改名了,叫幸福村。她要向朋友们告别。一路上,见到她的人都微笑着跟她打招呼,寒暄几句。在富儿家门口待的时间最长,因为他们从东乌回来的妈妈,还有从军队回来探家的爹爹全都拉着她说个没完。富儿爹还特别高兴地告诉小岚,他当上护卫队长了,是国王亲自任命的。

晓星等得不耐烦,自己先飞跑去朵娃家了。

一会儿,小岚去到朵娃家,离大门十几米远时已听到里面的笑声。朵娃早已等在门口,一见到小岚,便哇哇叫着跑过来把小岚抱住,亲热极了。

晓星和草儿花娃聊得开心,小岚和朵娃也聊得开心。草儿讲他和花娃上学读书的开心事,读书写字画画,真有趣!朵娃就讲她在大乐宫当园丁,天天浇花、天天看花,好开心。

她们聊了很久,直到天晚了,他们要走了。小岚怕朵娃不开心,一直到临离开时才告诉她,自己和晓星明天要回家了。

果然,朵娃马上哭了,花娃也哭了,草儿男子汉忍住不哭,用牙咬着嘴唇。朵娃说,除非小岚答应会回来看她,否则不放他们走。小岚没办法,只好点头答应。

朵娃和她的弟妹送了小岚晓星一程又一程,直送到了村口,才依依惜别。小岚坚决不让他们明天来送行。带着晓星回到杨家,她让晓星早点睡,明天一大早就起程回家,晓星听话地睡了。

小岚悄悄出了门,径直往大乐宫走去。

大乐宫门口有卫兵守着,他们都认得小岚,让她进去了。小岚知道杨天行现在一定是在书房批阅奏章,便径直往书房走去。

书房的门是虚掩着的,里面透出亮光,小岚往里面一看,果然见到杨天行在埋头看奏章。只见他双眉微皱,英俊的脸上充满专注,那模样跟万卡真的很像。

小岚刚想推门进去,但又缩回了手。她不知道怎样跟杨天行告别。杨天行可不像朵娃那样好糊弄的,他一定会打破砂锅问到底,她的家乡在哪里?她爸爸妈妈派了谁来接?还有,他一定坚持着要派人护送他们回家的。还有,小岚不忍心当面跟他说再见,她会流泪的。因为这一别将是永别。

想到这里,小岚再深深地注视了杨天行一会儿,像是要把他的形象永远刻在心中,然后才转身走。

回到杨府,她写了一封信给杨济民伯伯,感谢他在这段时间对自己和晓星的照顾。又写了一封信给杨天行,告

诉他自己其实并不是西乌人，现在爸爸妈妈派人来接了，自己要回家了。自己家在很远很远的地方，可能以后都不会再回乌莎努尔了，请天行哥哥原谅自己的不辞而别。

她很想给天行哥哥留下一点可以做纪念的东西，但找遍身上，除了手上的蓝月亮戒指外，没有什么可以做纪念品的。但这枚戒指是万卡哥哥送给自己的，怎可以送给别人呢！想了又想，小岚最后还是脱下蓝月亮戒指，放进了信封里。她在信上补了一句：留下我的蓝月亮戒指，这是给乌莎努尔未来的每一位王妃佩戴的。

她把两封信都放在自己房间的书桌上。她知道，明天，杨天行和杨伯伯就会看到了。

这时，东方已微露晨曦，小岚怕杨家的人醒来后，自己走不了，于是叫醒晓星，拉着他赶紧出门了。

晓星一路上都没有睁开眼睛，半睡半醒地让小岚拉着走，他们一路登上爱玛山。小岚见周围没有人，便从晓星口袋里掏出时空器，把时间调到了四百年后，她在绣像厅穿越那天的凌晨时分。

时空器开始启动，小岚见晓星还是迷迷糊糊的，怕他半路丢失，便紧紧抓住他的手。

就如以往使用时空器一样，一股蓝光开始从两人脚下

升腾,瞬间,他们已双脚离地,旋转着上升了……

不知过了多久,"砰"的一声,两人一齐跌在地上。

小岚觉得有软软的东西垫着自己的身体,所以并没有摔得很痛。她定定神,看看自己在哪里。结果看到了熟悉的园景——是乌莎努尔的御花园呢!

啊,顺利着陆,终于回到家了。小岚松了一口气。

听到身边"呼噜呼噜"的鼾声,一看,原来是晓星,他竟然睡着了。

小岚怕他冷着,便抓住他肩膀使劲地摇。

晓星一骨碌坐起来,看看四周,问:"小岚姐姐,我们是在露营吗?晓晴姐姐呢?"

小岚一听大喜,他恢复记忆了,记得他的晓晴姐姐呢!

"不是露营,你回房间睡吧!明天我们去郊游呢!"小岚哄他。

"哦。"晓星乖乖地回去睡了。也没走错路,他真的恢复记忆了。

小岚转身回自己房间去,手上什么东西在月光下闪烁光芒,一看,是蓝月亮戒指!

啊,它经历了四百年,回到了小岚手上。

小岚一倒在床上就呼呼大睡……

"公主,小岚公主……"有人在门外轻轻叫着。

小岚睁开眼睛,啊,太阳已经升起很高很高了。天啦,竟然睡得这样死!

她应了一声:"起来了!起来了!"

是玛亚的声音:"公主,国王在外面等了您好久了,他很担心您,您是不是不舒服?"

国王?小岚突然有点心虚,这个国王,千万别又是利安,我可受不起再一次惊吓了。

她赶紧下了床,鞋也不穿,飞奔着去开门。

"国王,国王在哪?"她迫不及待地叫嚷着。

一个英俊少年出现在面前,微笑着望着她。

是万卡,真的是万卡呢!

"万卡哥哥,我终于把你找回来了!太好了,真是太好了!"她高兴地一头扎进万卡怀里,伸手把他紧紧地、紧紧地搂住,"我不要你消失,不要你离开我,好不好,好不好?"

万卡微笑着看着他心爱的女孩。他虽然不知道小岚为什么这么说,但还是轻轻地抚摸着她的头发,温柔地说:"我不会消失的,不会离开你的,我会和你在一起,直到永远,永远!"